Meus livros, meus filmes e tudo mais

CB047220

Cláudia Laitano

Meus livros, meus filmes e tudo mais

Texto de acordo com a nova ortografia.

As crônicas deste volume foram publicadas no jornal *Zero Hora* (RS) entre 2008 e 2012.

Capa: Marco Cena
Revisão: L&PM Editores

CIP-Brasil. Catalogação na Fonte
Sindicato Nacional dos Editores de Livros, RJ

L19m

Laitano, Cláudia, 1966-
    Meus livros, meus filmes e tudo mais / Cláudia Laitano. – Porto Alegre, RS: L&PM, 2012.
    184p. : 21 cm

    ISBN 978-85-254-2743-4

    1. Crônica brasileira. I. Título.

12-6757.   CDD: 869.98
                        CDU: 821.134.3(81)-8

© Cláudia Laitano, 2012

Todos os direitos desta edição reservados a L&PM Editores
Rua Comendador Coruja 314, loja 9 – Floresta – 90220-180
Porto Alegre – RS – Brasil / Fone: 51.3225.5777 – Fax: 51.3221.5380

Pedidos & Depto. comercial: vendas@lpm.com.br
Fale conosco: info@lpm.com.br
www.lpm.com.br

Impresso no Brasil
Primavera de 2012

Sumário

Meus livros, meus filmes...

Os livros que não lemos..9
Casamentos 12
Cuidados 15
Memórias 17
A quadratura do circo 20
O sem-vergonhista 23
O que quer o homem 26
Os velhos sátiros 29
Somos todos Neda 32
Uma menina chamada Susan 35
Treco estético 38
Becky Bloom e a crise 41
Dos oito aos oitenta 44
A sabedoria dos gregos 47
Primeira pessoa 50
Perelman e o subsolo 53
Sob a cerração 56
Os centenários 59
Filme para a família 62
Sem respostas 65
Check-up filosófico 68
O faroeste e a marchinha 71
Dedicatórias..74
Quindim poético 77
Nu na passarela 80
O jurado número 8 83
Despedidas..86

O muro 89
A ausência que seremos 92
O fantasma 95
O ego do escritor...98
Autocontrole 101
O coração de beleza 104
Gostos inconfessáveis 107
Lições de casa 110
Famoso quem? 113
Cair do cavalo..116
Gabrielas e Malvinas 119
Não tem nada ali...122

...E tudo mais

Viva o biquíni 127
Vira-casacas 130
Quadro-negro 133
Parece mas não é 136
Madeleines..139
O melhor banho da temporada..................................142
Visita à casa da infância 145
O mar da noite..148
Grand finale..151
Ciborgues 154
Marolas e maremotos 157
Inês não é morta..160
A velha louca 163
Vergonha alheia 166
A patrulha do mico 168
Um lugar no mundo 171
Véspera 174
Brasil cabeção 176
Pais & filhos..178
Todos dizem eu te amo..181

Meus livros, meus filmes...

Os livros que não lemos

Em *Se um Viajante numa Noite de Inverno*, o escritor italiano Italo Calvino propõe uma série de categorias heterodoxas em que os volumes poderiam ser classificados nas prateleiras de uma livraria imaginária: livros-que-você-pode-passar-sem-ler, livros-que-você-leria-voluntariamente-se-tivesse-várias-vidas-para-viver-mas-infelizmente-são-só-estes-os-dias-que-lhe-restam, livros-que-você-tem-a-intenção-de-ler-mas-seria-necessário-primeiro-ler-outros, livros-que-tratam-exatamente-do-assunto-que-o-interessa-neste-momento, livros-caros-demais-que-pretende-comprar-quando-baixarem-à-metade-do-preço.

A brincadeira é divertida. Basta olhar para a prateleira de casa que você imediatamente começa a inventar suas próprias categorias: livros-que-você-pretende-ler-na-aposentadoria-ou-em-caso-de-prisão-domiciliar, livros-que-apareceram-na-sua-casa-sabe-deus-como, livros-que-estão-francamente-além-das-suas-chinelas-intelectuais-mas-você-não-perde-a-esperança, livros-que-alguém-lhe-deu-sem-nenhum-motivo-apenas-porque-achou-que-você-iria-gostar (e tem gesto mais doce do que esse?). A lista não tem fim, talvez porque as leituras e os leitores, muito mais do que os livros, são infinitos e virtualmente inclassificáveis.

Pois um livro lançado no Brasil no início do ano chama a atenção por sugerir um sistema de classificação literária em que a categoria mais óbvia de todas, lidos e não lidos, é tratada como uma distinção artificial e dispensável. Em *Como Falar dos Livros que Não Lemos?*, o professor de literatura francês Pierre Bayard sugere que os livros se dividem, essencialmente, entre os desconhecidos (LD), categoria que supera largamente todas as outras, os que apenas folheamos (LF), os que ouvimos falar (LO) e os que esquecemos (LE). O título divertido lembra uma versão adulta daqueles manuais de literatura para vestibulandos que prometem, ainda que nem sempre explicitamente, fazer o guri passar na prova sem que ele tenha que dar-se ao trabalho de ler mais do que o resuminho da obra. Trata-se de um título enganador – mas não duvido que muito gaiato tenha caído na armadilha. Embora seu objetivo explícito seja dessacralizar a leitura, o livro não dá nenhuma dica para quem pretende impressionar a audiência mostrando erudição. O que o livro tenta mostrar é que não ler nem sempre significa ser totalmente alheio ao conteúdo de um livro. O autor propõe que existem diversas formas de "não leitura" – do sujeito que não tem o menor interesse pelas letrinhas ao leitor diligente e compulsivo, que, mesmo lendo muita coisa, está condenado a permanecer com a pilha de livros LD superando todas as outras. Se os méritos da prática universal da não leitura não costumam ser mais exaltados, defende o autor, é porque pouca gente, no cada vez mais reduzido mundo letrado, tem coragem para admitir que fala, e às vezes até escreve, sobre livros que nunca leu.

A tese, obviamente polêmica, pode ser entendida como um elogio à preguiça, um convite à leitura de orelhas e resenhas – no fim, todo o esforço de consumir livros estaria condenado a ser uma gota em um oceano de possibilidades. Mas essa seria uma leitura cínica e superficial. Mostrando como é possível falar de livros sem tê-los lido (na universidade, na mesa de bar e até diante do próprio escritor) resta um único motivo, genuíno e insubstituível, para dedicar tempo e paixão à leitura: a vontade de ler.

15 de março de 2008

Três livros sobre livros:

Tigres no Espelho, de George Steiner
Como Funciona a Ficção, de James Wood
O Último Leitor, de Ricardo Piglia

Casamentos

No ano em que se comemora o centenário do nascimento de Simone de Beauvoir, o tipo de casamento que ela e Sartre tornaram mundialmente famoso ainda não emplacou. Relacionamento aberto, casas separadas, tolerância máxima para polígonos amorosos, todo o kit formatado por um dos casais mais célebres do século 20, permanecem como uma teoria interessante que raramente encontrou uma prática satisfatória – mais ou menos como o marxismo, com a diferença de que este foi testado por uma considerável fatia do planeta ao longo do século que passou.

Livros, cartas e depoimentos de pessoas que foram próximas (ou mais do que próximas) do casal lançam algumas luzes sobre esse relacionamento tão sólido e fluido ao mesmo tempo. Alguns dizem que Simone apenas acatou a ideia ousada de Sartre – e sofreu como qualquer mulher, antes e depois dela, ao dividir o homem amado. Outros lembram que ela também teve muitos casos e que havia entre eles um pacto de honestidade e cumplicidade que jamais foi ameaçado pelos respectivos amantes e muito menos pelos olhares desconfiados da classe média bem-comportada. Talvez fazer um balanço de prós e contras, colocar lado a lado os dias de céu e de inferno para descobrir se foram mais ou menos felizes do que um casal convencional, não seja a melhor abordagem da questão – que casamento não tem céu e inferno? O fato é que eles fizeram história e hoje repousam, lado a lado, no cemitério de Montparnasse. Se o casamento "à la Sartre" não vingou é porque as relações amorosas são tão complexas que a maioria das pessoas, homens e mulheres, ainda prefere a privação de liberdade ao excesso de variáveis para equacionar.

Jornalista e filósofo nascido em Viena, André Gorz (1923-2006) foi um marxista-existencialista fortemente influenciado pelas ideias de Sartre. Nas décadas de 60 e 70, tornou-se referência para a chamada Nova Esquerda e foi um dos principais inspiradores do Maio de 68. Gorz ficou conhecido pelos livros de filosofia política, mas seu testamento literário, o último texto que assinou, narra uma história de amor – um amor tão profundo e transformador, de ambas as partes, que parece ainda mais excepcional que o de Sartre e Simone. *Carta a D.*, lançado há pouco no Brasil, tem um dos melhores começos de livro que eu já li: "Você está para fazer 82 anos. Encolheu seis centímetros, não pesa mais do que 45 quilos e continua bela, graciosa e desejável. Já faz 58 anos que vivemos juntos, e eu amo você mais do que nunca".

"D" é Dorine, a mulher com quem ele foi casado durante toda a vida e ao lado da qual se suicidaria, três meses depois de colocar o ponto final nessa comovente carta de amor – Dorine estava doente, e André não conseguia conviver com a ideia de sobreviver a ela. O livro é ao mesmo tempo uma homenagem e um acerto de contas. A impressão que se tem é de que ele passou a vida inteira tão absorvido pelo trabalho que nunca teve tempo para render a esse amor o tributo que ele merecia.

Sartre e Gorz foram mestre e discípulo, partilharam convicções e garrafas de vinho até romperem, por motivos políticos, no início dos anos 70. É curioso que tenham inventado casamentos "existencialistas" tão distintos. O existencialismo valoriza a autonomia do indivíduo e nega as correntes teóricas que dão prioridade às instituições e estruturas sociais, de onde podemos concluir que cada um tenha tentado fundar um modelo de relacionamento a sua imagem e semelhança – o que, no fim das contas, talvez seja o segredo do sucesso de qualquer casamento. Quando ambos os lados estão de acordo.

5 de abril de 2008

Três livros sobre grandes amores (reais):

Carta a D., de André Gorz
(sobre o amor de André Gorz por Dorine)

Edwige, a Inseparável, de Edgar Morin
(sobre o amor de Edgar Morin por Edwige)

José e Pilar, de Miguel Gonçalves Mendes
(sobre o amor de José Saramago e Pilar del Río)

Cuidados

A família está acabando. A notícia vem da psicanálise, histórica e essencialmente dedicada a investigar os porões das relações familiares.

Em uma entrevista recente, o psicanalista francês Charles Melman falou sobre o que ele considera uma tendência sem precedentes na história: "Pela primeira vez, a instituição familiar está desaparecendo, e as consequências são imprevisíveis. Impressiona-me que os sociólogos e antropólogos não se interessem muito por esse fenômeno".

No tempo em que as famílias eram uma empresa sólida e expansionista, os dois extremos da existência humana eram os que mais dependiam dela: as crianças e os velhos.

Com a família minguando, em tamanho e significado, é inevitável pensar quem – e como – vai tomar conta deles quando os adultos em volta estiverem ocupados demais com seus pequenos grandes dramas cotidianos para olhar pelos outros.

Crianças que crescem sem pais atuantes para amar, odiar e ter como referência, positiva ou negativa, podem dar muito trabalho quando adultas. Isso até os bancos da praça sabem. O que ninguém descobriu ainda é como reverter essa peculiaridade nacional, aparentemente ligada a algum perverso traço cultural, que é a de hordas de pais abandonarem os filhos para fazer outros – e depois abandoná-los também. O tema tem sido discutido de diversas formas nos últimos anos. O filme *Linha de Passe*, de Walter Salles, mostra quatro irmãos, uma mãe grávida do quinto filho e nenhum pai por perto. O diretor diz que o drama da ausência do pai contém "um dos fatores explicativos do Brasil contemporâneo", o que não é pouca coisa. A outra ponta dessa família meio manca é mais desamparada ainda e menos comentada – talvez porque enquanto os jovens têm energia, e raiva, para eventualmente cobrar o que lhes faltou, velhos são menos inclinados a reações radicais. Com a expectativa de vida crescendo a passos lentos e firmes e as famílias diminuindo no mesmo compasso, a velhice tornou-se um período de incerteza e angústia, tanto para quem cuida quanto para quem precisa ser cuidado. É disso que fala *A Família Savage*. No filme, um casal de irmãos com rotinas já devidamente bagunçadas defronta-se com a imensa tarefa de administrar a vida do pai, que começa a perder a lucidez. À dor de assistir à decadência física do pai, soma-se a culpa por não saber como aliviar essa dor – ou como conviver com ela.

O que o filme sugere é que desaprendemos a cuidar dos nossos velhos, simplesmente porque desaprendemos a "cuidar", a abrir mão do nosso tempo em favor dos outros – mesmo que os "outros" sejam pessoas que a gente ama.

26 de abril de 2008

Três filmes sobre a família moderna:

Linha de Passe, de Walter Salles
A Família Savage, de Tamara Jenkins
A Separação, de Asghar Farhadi

Memórias

Amnésia, lembranças artificialmente destruídas ou implantadas, doenças degenerativas, identidades perdidas, amores que vão e que vêm no ritmo errático de uma recordação. Histórias sobre a memória (ou sobre a ausência de) tornaram-se tão frequentes no cinema nos últimos anos que aparentemente estamos diante um novo subgênero cinematográfico. Da simpática e desmemoriada peixinha Dory, da animação *Procurando Nemo,* ao tratamento para apagar lembranças tristes do perturbador *Brilho Eterno de uma Mente sem Lembranças,* o tema da memória vem sendo abordado das mais diferentes formas, da comédia ao drama empenhado, do blockbuster ao filme experimental. A lista inclui dramas *(O Homem sem Passado, O Filho da Noiva, Iris),* histórias de ação (*Amnésia* e a trilogia Bourne) e até comédias românticas *(Como se Fosse a Primeira Vez).* A memória tornou-se uma obsessão.

    O filme *Longe Dela,* ainda em cartaz em Porto Alegre, filia-se ao gênero explorando dramaticamente a degeneração da memória decorrente do Mal de Alzheimer e seu impacto prático e simbólico na vida de um casal. Como epílogo de uma longa história de amor, a doença serve de pretexto para que o filme reflita sobre o que é permanente e o que é provisório em uma relação amorosa – que, para atravessar décadas e manter-se viva, às vezes exige dos amantes a capacidade de "esquecer" o circunstancial e apegar-se ao que permanece.

A certa altura da história, um dos personagens compara o Alzheimer a uma casa em que as luzes vão se apagando lentamente, até tudo ficar escuro e silencioso. Primeiro os pequenos esquecimentos, depois a dificuldade de reter memórias recentes, a perda do sentido das palavras e das emoções, as ausências, a distância sem distância das pessoas mais próximas. Uma casa que aos poucos vai ficando no escuro é uma imagem bonita, mas provavelmente não descreve com precisão o impacto do Alzheimer na vida do doente e de sua família. Essa doença terrível e misteriosa nada tem de poético ou suave, e parece ter substituído todas as outras no papel de assombração máxima da nossa época. Perder a memória, os laços, a identidade é a única coisa mais assustadora do que perder a saúde.

Essa preocupação com o Alzheimer não é casual. Com o aumento da expectativa de vida, aumentaram as chances de as pessoas serem afetadas pela doença. Mas talvez o fantasma do Alzheimer não seja a única causa para essa onda recente de filmes que usam a falta de memória para refletir sobre a condição humana. A memória, afinal, tem sido cada vez mais terceirizada – para o computador, para o celular, para o aparelho que toca as músicas que nós gostamos. Nunca estivemos tão dependentes da tecnologia, que por sua vez nos acena com possibilidades cada vez mais mirabolantes de acúmulo de informação. Mas toda essa eficiência do chip talvez acabe ressaltando a precariedade da nossa memória individual, irremediavelmente assentada em circuitos frágeis e irrecuperáveis. O que essa fixação atual na ideia da perda da memória parece expor é a ausência de backup da vida real. Pois por mais conhecimento que a espécie tenha acumulado, e mesmo que esse conhecimento um dia caiba inteiro na ponta de um lápis, nada muda o fato de que a embalagem que contém nossas lembranças mais únicas e preciosas continua tão frágil quanto no tempo na pedra lascada.

24 de maio de 2008

Três filmes sobre a memória:

Amnésia, de Christopher Nolan
Brilho Eterno de uma Mente sem Lembranças, de Michel Gondry
Depois da Vida, de Hirokazu Koreeda

A quadratura do circo

Já pensou morar em Liverpool na mesma época em que uma banda chamada The Beatles fazia seus primeiros shows no Cavern Club? Ou ter um apartamento na Rua Montenegro e tomar chope todos os dias ao lado de Vinicius e Tom – inclusive naquela tarde aparentemente igual a todas as outras em que os dois tiveram a ideia despretensiosa de compor uma musiquinha em homenagem às meninas de Ipanema?

O professor, compositor e ensaísta José Miguel Wisnik, que esteve em Porto Alegre esta semana participando de um bate-papo no Santander Cultural, teve uma experiência parecida. Morando em São Vicente, uma cidadezinha grudada em Santos, Wisnik cresceu vendo Pelé buscar a irmã no colégio, Pelé passeando na rua, Pelé trabalhando três dias por semana em uma loja de eletrodomésticos – mesmo já famoso e campeão mundial, ou exatamente por isso, mas em dimensões pré-históricas na evolução do marketing esportivo.

Wisnik viu Pelé jogar muitas vezes – na base da coisa cotidiana que, por mais que ele já valorizasse na época, nunca lhe parecia exatamente excepcional ou transcendente. Wisnik contou que um amigo dele, mais novo e menos afortunado futebolisticamente, costuma dizer, meio a sério, meio de brincadeira, que esse excesso de exposição à excelência, durante tanto tempo e em tão tenra idade, teria deixado marcas profundas na maneira de o professor ver as coisas. Esse amigo percebe em Wisnik uma mania de procurar sentido em tudo, como se todas as coisas ao nosso redor, mesmo as mais simples e rotineiras, tivessem um significado menos óbvio a ser investigado. Como se em cada jogo trivial do dia a dia houvesse, se não a presença, pelo menos a possibilidade de um Pelé – exigindo não só atenção, mas uma constante disponibilidade para o estranhamento e a análise.

O livro mais recente de Wisnik, *Veneno Remédio: O Futebol e o Brasil*, pode ser definido como um exercício de estranhamento inteligente. Tentando vencer a distância entre a análise acadêmica convencional, desapaixonada, e o envolvimento visceral com o esporte, Wisnik escreveu um ensaio sobre o significado do futebol para torcidas do mundo todo, e do Brasil em particular, desde a perspectiva de um apaixonado – o livro começa narrando sua infância em São Vicente, o futebol de várzea, a opção de torcer pelo Santos. Mas essa viagem que começa no quintal de casa termina em uma volta ao mundo da bola, passando por algumas das transformações ocorridas no esporte desde o início da partida, lá no comecinho do século 20, chegando a uma tentativa de entender o significado do futebol para a autoimagem nacional – o lado "veneno" e o lado "remédio".

Um dos grandes méritos do livro é a capacidade de interessar até mesmo os leitores irremediavelmente indiferentes ao futebol e suas paixões – caso desta minoria constrangida que vos escreve. Para isso conta o talento do ensaísta, mas não só. Ouvindo ele falar sobre essa mania de "procurar sentido em tudo", não como quem busca a resposta que vai encerrar o assunto, mas como quem gosta mesmo é de fazer as perguntas, me dei conta de que essa é uma das melhores definições de inteligência que eu já ouvi.

31 de janeiro de 2009

---

*Três livros sobre futebol
(até para quem não gosta):*

Veneno Remédio: O Futebol e o Brasil, de José Miguel Wisnik
Estrela Solitária, de Ruy Castro
La Era del Fútbol, de Juan José Sebreli

O sem-vergonhista

Dizem que em Paris até o bilheteiro do metrô sabe quem é Tartufo – personagem criado por Molière muito antes de as cabeças rolarem durante a Revolução Francesa. Mesmo quem nunca assistiu a uma encenação da peça ou teve a oportunidade de ler o texto original da comédia editado em livro sabe do que estão falando quando, em uma conversa, alguém compara uma personalidade qualquer dos dias de hoje a um dos mais célebres pilantras da literatura francesa. Esse cultivado bilheteiro de metrô, mesmo simbólico ou talvez já aposentado e substituído no emprego por um jovem descendente de imigrantes, serve para ilustrar a força da cultura letrada francesa – capaz de transformar um personagem da ficção em patrimônio nacional, quase tão assimilado ao cotidiano das pessoas comuns quanto a baguete e o vinho tinto.

No Brasil, personagens de ficção integrados ao imaginário nacional são tão raros quanto metrôs. Emília, Gabriela, Escrava Isaura, e mais recentemente Capitu, todas contaram com o apoio da TV para ampliar sua restrita fama literária. Capitão Rodrigo ficou conhecido no resto do Brasil graças aos bigodes de Tarcísio Meira. Dona Flor tem o rosto, e as outras partes, de Sônia Braga.

O único personagem literário que realmente ficou famoso no Brasil, mesmo antes do cinema e da televisão, talvez seja Jeca Tatu, criado por Monteiro Lobato no começo do século 20 para esculhambar com o caipira idealizado da literatura romântica do século anterior: "Este funesto parasita da terra é o caboclo, espécie de homem baldio, seminômade, inadaptável à civilização...".

A repercussão e a polêmica em torno de Jeca Tatu foram imensas, e Monteiro Lobato, em meio a uma grande campanha de saneamento, acabou maneirando um pouco nas críticas, atribuindo boa parte das mazelas de Jeca a falhas da saúde pública: "Eu ignorava que eras assim, meu caro Jeca, por motivo de doenças tremendas. Está provado que tens no sangue e nas tripas todo um jardim zoológico da pior espécie. É essa bicharia cruel que te faz papudo, feio, molenga, inerte." Mazzaropi emprestou seu rosto para o caipira mais famoso do Brasil em filmes como *Jeca Tatu* (1959) e *A Tristeza do Jeca* (1961), mas o personagem já era famoso antes dele e ainda hoje faz parte do vocabulário popular ("jeca" e "jeca-tatu" são termos dicionarizados).

Do outro extremo da pirâmide social brasileira, lá onde "as doenças tremendas" não amolecem a ambição, vem outro personagem que entrou para o imaginário nacional tão naturalmente quanto o Jeca Tatu. Odorico Paraguaçu era o personagem principal de uma peça de Dias Gomes escrita em 1962 e levada ao palco pela primeira vez em 1969. A fama do personagem, no entanto, é devida à novela *O Bem-Amado* (1972) e ao talento do ator Paulo Gracindo para dar vida a expressões como "talqualmente", "sem-vergonhista", "inescrupulento" e ao clássico "vamos colocar de lado os entretantos e partir direto para os finalmentes".

Pois esse personagem que também merecia verbete em dicionário está prestes a ressuscitar pela segunda vez (a primeira foi em um seriado nos anos 80), em um filme com Marco Nanini no papel principal e estreia prevista para setembro. Quarenta anos depois de sua estreia no palco, o personagem não parece ter perdido sua atualidade. Com sua deslavada falta de caratismo, Odorico virou o símbolo de um tipo de político que, como os habitantes de Sucupira, simplesmente se recusam a morrer.

14 de fevereiro de 2009

Três filmes com a cara do Brasil:

Bye Bye Brasil, de Cacá Diegues
O Auto da Compadecida, de Guel Arraes
Cidade de Deus, de Fernando Meirelles

O que quer o homem

Uma frase escrita por Freud em uma carta à psicanalista francesa Marie Bonaparte foi incansavelmente citada no século passado: "A grande indagação que ficou sem resposta, à qual eu mesmo não soube responder, apesar de meus trinta anos de estudo da alma feminina, é a seguinte: o que quer a mulher?". A invenção da mulher que trabalha fora e dentro de casa, escolhe e rejeita parceiros, tem filhos, mas passa apenas parte do tempo com eles, viria a acontecer algumas décadas depois da morte do pai da psicanálise.

Mas se ele ainda estivesse vivo, talvez lhe ocorresse perguntar também o que quer o homem nos dias de hoje. Na ficção, e também em ensaios, a pergunta tem se tornado cada vez mais frequente. Em sua estreia como autor de teatro, com a peça *O Homem da Tarja Preta*, em cartaz em São Paulo, o psicanalista Contardo Calligaris coloca em cena algumas das angústias desse sujeito que já não sabe mais o que as mulheres, e os outros homens, esperam dele: "O que ocorre hoje é que os grandes estereótipos em torno dos quais a masculinidade se estruturou, como o papel de provedor, entraram em crise. Por que características o homem contemporâneo se reconhece? A feminilidade se reconhece por dar à luz. Já a posição do homem é mais trágica e perigosa. Talvez matar seja sua particularidade, aquilo de que se vale para ser levado a sério", comenta Contardo em uma entrevista a respeito do espetáculo, lembrando os atiradores, invariavelmente do sexo masculino, que cometem chacinas em escolas e universidades e os maridos/namorados que executam as mulheres que os rejeitam.

Evidentemente, nem todas as crises de identidade masculinas terminam em violência (embora seja plausível supor que atrás de cada homem violento existe alguma espécie de crise de masculinidade em curso). Para nós, mulheres, é sempre um pouco espantosa a necessidade que alguns homens têm de reafirmar seu gênero nas coisas mais tolas – que podem ir da tolerância ao frio ao tipo de alimentação preferido. O fato é que qualquer bobagem pode ser associada com "coisa de macho" ou "não macho", até mesmo trabalhar gripado, como sugeriu o presidente Lula dia desses. Mas ser ou não ser homem já não é a única questão. O problema hoje em dia é saber "como" ser homem.

O filme *Gran Torino*, de e com Clint Eastwood, revela nas entrelinhas o estranhamento do homem à moda antiga com os novos modelos masculinos. Com o ator que foi um dos símbolos de virilidade do século passado no papel principal, *Gran Torino* mostra a perplexidade de um sujeito durão, já próximo da morte, diante de um mundo que ele não entende e do qual não se sente mais parte. Distante dos filhos (o pai que brinca e conversa com as crianças é uma invenção relativamente recente), o personagem de Clint Eastwood acaba se aproximando de um jovem vizinho que ele decide ensinar a "ser homem" – conforme o modelo que ele aprendeu: a paixão pelos carros, a habilidade para usar ferramentas, a iniciativa com as mulheres, o jeito para falar grosso com os inimigos e os amigos também. O menino, de origem oriental, gosta mesmo é de lidar com plantas, atividade considerada indigna de um homem na sua cultura. No filme, o contraponto ao jovem jardineiro é uma gangue de garotos violentos que barbariza a vizinhança. Clint não entende nenhuma das duas opções – ser homem, na sua época, era outra coisa.

    E hoje é o quê? Os meninos de agora têm a chance de escolher: inventar a sua identidade conforme as múltiplas possibilidades que sua época oferece ou naufragar nas variadas formas em que a angústia e o deslocamento se manifestam – inclusive, infelizmente, na violência.

11 de abril de 2009

Três filmes sobre os dilemas do homem contemporâneo:

Gran Torino, de Clint Eastwood
Na Companhia de Homens, Neil LaBute
Toda Forma de Amor, de Mike Mills

Os velhos sátiros

Carlos Drummond de Andrade deixou três livros inéditos no pequeno escritório da Rua Conselheiro Lafayette, em Ipanema, onde trabalhou durante os últimos 25 anos de sua vida. *Poesia Errante* ainda não estava finalizado, e *Farewell*, como o nome entrega, deveria ser a despedida oficial, o último capítulo de uma carreira de mais de 60 anos de inestimáveis serviços prestados à poesia em língua portuguesa. O terceiro original engavetado, *O Amor Natural*, era o prazer mais ou menos secreto de Drummond, uma coletânea de poemas eróticos que ele preferiu não publicar em vida. Na pasta de cartolina ordinária em que guardou os originais deste livro nascido para ser póstumo, Drummond colocou o artigo "O" sobre o "A" de amor, sugerindo, marotamente, a auréola sobre a cabeça de um santo.

Quando veio a público, em 1992, cinco anos depois da morte do poeta, *O Amor Natural* causou o previsível escândalo. São poemas escancaradamente despudorados, uma galeria de partes íntimas e de gestos lúbricos que dificilmente o leitor comum associaria à figura do velho poeta de físico franzino e temperamento discreto. Entre bocas errantes, línguas inquietas, gritos e gemidos, Drummond celebra o sexo de forma viril e apaixonada, mas o inquietante do livro não é exatamente seu conteúdo erótico explícito, mas o fato de ter sido escrito por um senhor de mais de 70 anos, idade em que se esperam grandes questionamentos sobre o sentido da existência e a proximidade da morte, mas não versos como "Era manhã de setembro e ela me beijava o membro".

No disco que lançou esta semana, *Zii e Zie*, Caetano Veloso, 66 anos, também escancara as urgências do desejo na maturidade sem ligar para as conveniências da idade – cantando versos, não exatamente memoráveis, como "Uma menina preta de biquíni amarelo/ Na frente da onda/ Que onda, que onda, que onda que dá/ Que bunda, que bunda!" ("A Cor Amarela") ou "Tarado, tarado, tarado/ Tarado ni você" ("Tarado Ni Você").

Um mundo, vasto mundo, de acontecimentos separa as gerações de Caetano Veloso e Carlos Drummond de Andrade. O primeiro viveu a juventude nos anos 20 e 30, quando uma nesga de perna entrevista no bonde já era suficiente para abastecer dias e noites de delírios eróticos. O segundo é da turma que inventou o "é proibido proibir" e terminou de desinventar o pecado. Mas ainda que seus versos desbocados reflitam, inevitavelmente, todas as diferenças entre as duas gerações que dividiram o século 20 ao meio, talvez haja algo em comum nessa necessidade de falar de sexo de forma aparentemente tão abusada ali quando a passagem do tempo começa a impor ao corpo sua inevitável cota de limitações.

Para os mais jovens, a ilusão de que a idade neutraliza o desejo talvez ajude a suportar a ideia da velhice – o que explica, em parte, o desconforto que os velhinhos sacanas provocam, mesmo quando são artistas de talento. Mas o que Drummond, mais radicalmente, e agora Caetano estão dizendo quando, de cabelos brancos, celebram o sempre renovado deslumbramento por peitos, coxas e bundas é que o sexo pode ser a mais divertida, e contundente, negação da morte – e que a anarquia do desejo, mais do que a esperança, provavelmente é a última que morre.

18 de abril de 2009

Três livros sobre a velhice:

A *Arte de Envelhecer*, de Arthur Schopenhauer
A *Velhice*, de Simone de Beauvoir
Não me Lembro de Nada, de Nora Ephron

Somos todos Neda

Às vezes – poucas vezes –, a ignorância pode ser uma vantagem. Assistir a um clássico em completa inocência do seu conteúdo e ser surpreendido por uma cena sobre a qual várias gerações de críticos já escreveram é um exemplo. Minha teoria é a seguinte: apenas o espectador desavisado, quase ignorante, é capaz de desfrutar em toda sua plenitude um filme já exaustivamente citado, analisado, interpretado. Saber menos, nesses casos, é sentir mais. Aconteceu comigo, anos atrás, assistindo a *Spartacus* (1960), de Stanley Kubrick, e topando inocentemente com uma das cenas mais impactantes da história do cinema.

Ao longo das últimas décadas, a clássica sequência em que centenas de escravos, para proteger a identidade do herói vivido por Kirk Douglas, proclamam: "Eu sou Spartacus" foi citada de inúmeras formas – em filmes, programas de tevê e até em comerciais, fazendo rir ou fazendo pensar. Mas qual o segredo dessa cena? Por que até hoje ela impressiona e continua sendo reproduzida em diferentes contextos? O que me ocorre é que talvez essa coragem dos escravos que se levantam para proteger o líder ameaçado seja de uma dimensão mais obviamente humana do que a coragem dos grandes heróis, o que a torna mais próxima da compreensão da maioria de nós. Não estamos falando aqui do heroísmo de Davi diante de Golias, de Daniel na cova dos leões ou mesmo de Chico Mendes enfrentando os seringueiros. O líder que arrisca sua vida pelo bem comum merece nossa admiração e respeito, mas o pequeno gesto grandioso do indivíduo que se apoia em outros pequenos heroísmos para levar adiante uma causa desperta nossa mais profunda empatia, pois este é um lugar no qual, sem muito esforço, conseguimos nos colocar. Pessoas unidas por uma causa comum são sempre maiores do que elas mesmas. Uma torcida é maior que um time, uma família é maior que seus membros. E quando a causa exige alguma dose de coragem pessoal, a ação coletiva transforma a fragilidade individual na força de um grupo. Se a história dependesse apenas de líderes e heróis, estaríamos ferrados. A maioria das pessoas nasceu para fazer parte da multidão, não para ser Spartacus. Horas depois da execução da jovem Neda Agha-Soltan em uma rua de Teerã, durante um protesto no último sábado contra o resultado das eleições iranianas, cartazes, camisetas e blogs começaram a estampar os slogans "Eu sou Neda" ou "Somos Todos Neda". Neda, 27 anos, era funcionária de uma agência de viagem, aprendeu turco para trabalhar como guia, estudava canto e não era particularmente politizada – ainda que, como boa parte dos iranianos, estivesse indignada com o resultado das eleições. Segundo o relato de amigos e familiares, Neda não era uma liderança nata ou sequer uma pessoa de temperamento exaltado. Era uma jovem voltando de uma aula de canto, talvez dotada apenas daquela coragem discreta de quem não nasceu para ser herói.

    Por um lance de acaso associado à tecnologia, alguém com um celular registrou os últimos minutos de sua vida – o corpo ensanguentado, os olhos desafiadoramente abertos. O vídeo foi visto por milhões de pessoas, e Neda acabou se transformando em um Spartacus involuntário – o rosto bonito e sereno de um movimento que, mesmo antes de sua morte, já contava com a simpatia de boa parte do mundo.

A história, violenta e imprevisível como uma bala perdida, apanhou Neda no meio rua, depois de uma aula de canto – e todos nós ficamos feridos.

27 de junho de 2009

Três filmes iranianos:

Tartarugas Podem Voar, de Bahman Ghobadi
A Maçã, de Samira Makhmalbaf
Procurando Elly, de Asghar Farhadi

Uma menina chamada Susan

O diário começa assim:

"eu acredito:
a) que não existe nenhum deus pessoal nem vida após a morte;
b) que a coisa mais desejável do mundo é a liberdade de ser verdadeiro para si mesmo, ou seja, Honestidade;
c) que a única diferença entre os seres humanos é a inteligência;
d) que o único critério para uma ação é a felicidade ou a infelicidade individual que em última instância ela produz;
e) que é errado privar qualquer homem da vida."

A autora é a ensaísta americana Susan Sontag (1933-2004), que manteve um diário do início da adolescência até pouco antes de sua morte, registrando tanto o percurso de sua formação intelectual quanto passagens de sua vida íntima. Organizados pelo único filho dela, o escritor David Rieff, esses textos começam a vir a público agora com um primeiro volume dedicado ao período que vai de 1947 a 1963. O trecho acima abre o primeiro diário e foi escrito quando a autora ainda não havia completado 15 anos.

Há sempre uma dose de voyeurismo na leitura de um diário, e mais ainda quando os textos não foram selecionados pelo próprio autor para publicação. No caso dos diários de Susan Sontag, essa impressão é ainda mais forte pelo fato de a autora demonstrar um talento tão precoce para escrever e, mais que isso, para pensar – uma espécie de Anne Frank sem final trágico, se substituirmos as divagações românticas pelas reflexões filosóficas (ambas tinham mais ou menos a mesma idade e origem judaica, mas Susan teve a sorte de estar do lado certo do Atlântico naquele momento). A jovem Susan fazia listas dos livros a serem lidos, registrava passagens dos autores que estava descobrindo e traçava metas rígidas de autodisciplina para sua formação.

Os diários incluem as experiências com sexo – sexo com amor, sexo sem amor, sexo com mais ou menos prazer –, mas esse ligeiro perfume de escândalo é menos impressionante do que a monumental energia intelectual concentrada em alguém tão jovem. Estamos diante de uma menina plenamente consciente de sua inteligência e do trabalho que tinha pela frente se quisesse alcançar o grande futuro que imaginava para si mesma.

No prefácio do livro, David Rieff não esconde um certo constrangimento por ter tomado a decisão de publicar os diários sem que Susan Sontag tivesse expressado diretamente esse desejo em vida. Em um texto anterior, Rieff já havia comentado o fato de que a mãe recusou-se até o fim a aceitar a morte, convencida de que seria capaz de vencer mais um câncer (já havia vencido dois antes). Logo, não deu orientação nenhuma sobre o destino de sua obra, assim como não encenou qualquer tipo de despedida das pessoas mais próximas. Rieff admite que também não fez questão de abrir seus olhos sobre a gravidade da doença, preferindo embarcar com a mãe na fantasia de que em breve ela estaria em casa e trabalhando novamente. Respeitando o que Susan Sontag já intuía aos 14 anos, David Rieff apostou que o único critério para uma ação é a felicidade ou a infelicidade individual que em última instância ela produz.

29 de agosto de 2009

> **Três diários de pessoas interessantes:**
>
> *Diários 1947-1963*, de Susan Sontag
> *Os Diários de Virginia Woolf*, de Virginia Woolf
> *Diários*, de Andy Warhol

Treco estético

Foi uma amiga minha, no intervalo de um espetáculo que eu nem lembro mais qual era, quem cunhou a expressão, e eu a adotei imediatamente, reconhecendo ali o termo exato para definir uma sensação inexata: o treco estético.

Impossível, e inútil, definir um treco estético para quem nunca passou por um, mas muita gente que já teve essa sensação pode estar acostumada a usar termos mais elegantes para definir a experiência – epifania, por exemplo, uma palavra de origem religiosa que foi sequestrada de seu sentido original, de revelação divina, para ganhar o contexto laico da experiência de iluminação artística. O termo é bonito, mas não me sinto à vontade para chegar ao trabalho de manhã anunciando para os colegas que tive uma "epifania". Simplesmente não me soa como algo que possa ser dito sem que metade do frescor da experiência se perca no meio do caminho sob o peso erudito da palavra.

O treco estético, conforme a definição do meu dicionário particular, é o resultado de uma combinação nada trivial entre técnica, sentido e momento. No caso de um poema, por exemplo, seria uma mistura perfeita entre o talento do poeta, a percepção individual do leitor e o momento da leitura. De nada adiantam o poeta e o poema se o leitor estiver distante, distraído, mal humorado, com dor de dente. O treco estético exige uma certa disposição de espírito, uma disponibilidade à vertigem (o treco aqui é aquele que as nossas avós usavam quando alguém passava mal de repente e ninguém sabia do quê). O treco estético nos emociona, mas não apenas – nem todas as situações emocionantes são esteticamente marcantes. É preciso que o objeto de fruição nos dê a certeza não apenas de que estamos diante da excelência artística, mas também de que aquela obra foi feita para nós, expressando exatamente aquilo que sentimos, mas de uma forma que nos supera, por sublime e vertiginosa. Um flash, daqueles explosivos, de magnésio, capaz de romper a rotina de meia-luz a que nossos olhos e ouvidos estão acostumados.

É certo que olhos cansados nem sempre estão alerta para que a emoção da beleza nos toque da forma ideal, mas às vezes a experiência pode ser intensa o suficiente para despertar até os quase mortos. Aconteceu comigo na última quinta, em um dos tantos espetáculos da invencível agenda de grandes atrações do Porto Alegre Em Cena. Era o show de José Miguel Wisnik, Luiz Tatit e Arthur Nestrovski, cheio de canções em que letra e música conversam de forma tão harmoniosa e inteligente que parecem acordar o gênero da mesmice dominante.

Mas foi uma canção específica a causa do "treco estético", uma parceria entre Wisnik, o jovem músico Marcelo Jeneci e o porto-alegrense Paulo Neves – um poeta assombrosamente talentoso, ainda sem o reconhecimento merecido em sua cidade natal. A canção se chama "Feito pra

Acabar". O que não acaba é a vontade de ouvir outra vez – e a gratidão a Paulo Neves por mais este treco estético.

12 de setembro de 2009

> *Três discos da mesma tribo:*
>
> *Indivisível*, de José Miguel Wisnik
> *Feito pra Acabar*, de Marcelo Jeneci
> *Sem Destino*, de Luiz Tatit

Becky Bloom e a crise

A crise financeira mundial estava no auge quando a despretensiosa comédia romântica *Os Delírios de Consumo de Becky Bloom* chegou aos cinemas americanos, em fevereiro deste ano. Quase tudo no filme já havia sido visto antes (a fórmula das comédias românticas americanas não costuma ser muito flexível ou original), mas a história da mocinha descompensada que gastava muito mais do que podia e colecionava cartões de crédito estourados como sua avó colecionava papéis de carta acabou ganhando uma outra dimensão em meio ao ambiente de ressaca consumista que tomou conta dos Estados Unidos depois da quebradeira geral de bancos e empresas. Por mais tola e inconsequente que Becky Bloom pudesse parecer, ela havia se tornado uma espécie de retrato da alma nacional: se Becky comprava roupas e sapatos que não podia pagar, o americano comum sonhava com casas de dois andares no subúrbio que estavam muito além de suas possibilidades financeiras reais.

Pouco depois de outra grande crise, a de 1929, estreava nos Estados Unidos um filme que, no Brasil, recebeu o título de *A Felicidade Não se Compra* (1934), o que permite alguma espécie de paralelo com o mundo de Becky Bloom, em que os cartões de crédito compram quase tudo – o que, em si, já é a própria definição de felicidade para a personagem.

    O mundo mudou muito entre o clássico de Frank Capra e a comédia açucarada em que Becky Bloom surgiu – ou entre a crise de 1929 e a crise de 2009. Nos anos 30, as vidas de quem tinha dinheiro e as de quem não tinha eram naturalmente diferentes, e o ditado "dinheiro não traz felicidade" servia para lembrar (ou fazer crer) que no lado em que não se comia caviar também era possível encontrar algum tipo de realização (em valores como família, amor, comunidade, tradição...). O consumismo de Becky Bloom é produto de uma época em que já não é tão fácil encontrar valores comuns. Essa lacuna, em muitos casos, tem sido preenchida por um dos poucos sinais universalmente reconhecidos como índice de sucesso pessoal: a capacidade de consumir. É por isso que tanto o garoto que não tem dinheiro para pegar ônibus quanto o que vai com motorista para a escola acabam sonhando com o mesmo par de tênis. Na pior das hipóteses, o garoto pobre vai tentar roubar o menino rico, mas o verdadeiro problema talvez seja que ambos acreditam que o tênis confere a eles qualidades que definitivamente não estão ali: sedução, poder, sucesso etc. Compro, logo existo, porque é o que eu compro/uso/aparento que me define e não mais a família de onde venho, os valores que preservo, a cultura com a qual eu me identifico. Becky Bloom precisa de sapatos novos como sua avó precisava de um marido.

    Essa crise que, parece, já começa a virar história acabou tendo o inesperado efeito de alertar o mundo de que o consumo inconsequente não é ruim apenas para o planeta (como os ecologistas há anos vêm dizendo), mas também para a economia e, principalmente, para o bom-senso.

19 de setembro de 2009

Três filmes sobre a crise de 2008:

Inside Job, de Charles Ferguson
Capitalismo: Uma História de Amor, de Michael Moore
Margin Call: O Dia Antes do Fim, de J.C. Chandor

Dos oito aos oitenta

Uma sugestiva casualidade aproxima as duas pontas da existência no calendário de datas festivas do Brasil. O Dia do Idoso (1º de outubro), que já flutuou por outras datas, é recente e pouca gente lembra dele. O Dia das Crianças é comemorado regularmente há quase 50 anos, e não é difícil constatar que a maioria dos homenageados do dia está absolutamente convencida de que o feriado na escola e no trabalho dos pais é dedicado a eles (e não a Nossa Senhora de Aparecida, a legítima responsável oficial pela folga prolongada deste fim de semana). O Dia do Idoso é menos uma data de comemoração do que de conscientização – a data foi estabelecida com a implantação do Estatuto do Idoso. O Dia das Crianças é uma das três datas comerciais mais fortes do ano (foi inventado, ora vejam, por uma fábrica de brinquedos), e na maioria das famílias não tem outro sentido que não o de incluir mais um presente obrigatório na lista de exigências infantis. Estarem assim, velhos e crianças, separados por brevíssimos 11 dias no calendário festivo, pode sugerir, metaforicamente, que esse intervalo é mesmo muito pequeno – pelo menos para uma das pontas. Se para a criança a idade dos avós parece tão remota quanto as caminhadas na Lua ou os automóveis voadores, para um avô é muito fácil ser tomado por uma nítida evocação da própria infância diante da simples visão do neto empurrando um carrinho de brinquedo no chão da sala. De uma maneira que nenhuma criança, ou mesmo um jovem adulto, é capaz de apreender totalmente, o tempo se estreita conforme vamos passando por ele – e a sensação, às vezes, pode ser a de que não passaram mesmo muito mais do que 11 dias entre a primeira bicicleta e o primeiro neto.

Um dos filmes mais singelamente comoventes desta temporada promove um encontro de gerações como esse que o começo de outubro sugere, colocando em cena um homem de 80 e um garoto de oito – ambos com alguma dificuldade para encontrar seu espaço em um mundo de adultos sem tempo para brincar com as crianças e sem paciência para ouvir os mais velhos. A animação *Up: Altas Aventuras*, que ficou mais conhecida no Brasil por lembrar o caso do padre voador, é provavelmente o primeiro desenho de um grande estúdio que tem como protagonista um velho – e não um senhor bonzinho daqueles que distribuem sorrisos e doces, mas um homem amargurado por uma perda e incapaz de se incorporar às regras da cidade barulhenta que cresceu em volta da sua casa. Decide então amarrá-la em um punhado de balões e fugir para a sua fantasia de infância, levando de carona, sem querer, um guri sem noção – e com um pai distante – que acaba se transformando em seu companheiro de aventura.

O filme é para crianças, mas a mensagem (e toda a animação sempre tem mensagem) é menos para elas do que para os adultos que as acompanham no cinema. Pois é preciso ter visto já algum tempo se estendendo para trás de nós para entender por que, para deixar de ser um velho rabugento e triste, o personagem precisou desapegar-se de suas memórias mais doces – seguindo em frente com a renovada disposição para ser surpreendido que todas as crianças têm, e que os adultos nunca deveriam perder.

10 de outubro de 2009

Três animações para adultos:

Persépolis, de Vincent Paronnaud e Marjane Satrapi
Valsa com Bashir, de Ari Folman
Waking Life, de Richard Linklater

A sabedoria dos gregos

Ulisses demorou 10 anos para chegar a Ítaca depois do fim da Guerra de Troia. Imagine a situação: o sujeito deixa a mulher e o filho pequeno em casa, passa 10 anos em uma guerra dilacerante e quando tudo parece pronto para seu retorno triunfante ao lar as coisas começam a dar errado – muito errado – e ele fica tropicando em obstáculos monstruosos (literalmente), um atrás do outro, por mais 10 anos.

Reencontrei a história de Ulisses na minha viagem de férias, o que me fez pensar que o medo de não conseguir voltar para casa, por qualquer motivo, sempre embarca conosco quando partimos para muito longe da nossa base. Pode ser uma preocupação quase imperceptível diante da excitação com as novas paisagens e a folga da rotina, mas se você remexer na bagagem talvez encontre esse medo disfarçado de outras formas: o nervosismo na viagem de avião, a ansiedade na hora da alfândega, a mania de checar 10 vezes se o passaporte está na bolsa, se o cartão de crédito está funcionando, se o seguro de vida está valendo...

Ulisses demorou 10 anos para voltar para casa, e eu demorei mais de 30 para encontrar um livro que reunisse os principais mitos gregos narrados exatamente como eu gostaria de tê-los lido aos 12 – quando, depois de sucumbir a um transe místico lendo *Os Doze Trabalhos de Hércules*, de

Monteiro Lobato, descobri que o pessoal no Olimpo fazia coisas que os personagens das novelas que eu assistia na época não faziam nunca (pelo menos não na frente das câmeras). Não por acaso, *A Sabedoria dos Mitos Gregos*, de Luc Ferry, o livro que me acompanhou nas longas esperas em aeroportos e estações de trem nessas férias, é escrito em uma linguagem que crianças de 12 anos podem entender. O filósofo francês, que já esteve em Porto Alegre dentro do ciclo de debates Fronteiras do Pensamento, narra as histórias de personagens como Ulisses, Hércules, Jasão, Édipo e os deuses olímpicos da maneira mais simples e viva possível, com o objetivo não apenas de atrair os jovens leitores, mas também de motivar os pais – nem sempre muito treinados na arte de contar histórias – a conduzir seus filhos para dentro desse mundo de fascínio inesgotável.

Ferry defende a tese de que a filosofia grega nada mais é do que uma espécie de desdobramento laico das questões que já aparecem na mitologia: de onde viemos, para onde vamos e como fazemos para viver nossa vidinha curta e imperfeita da melhor forma possível. Por trás de cada façanha épica, de cada dilema, castigo ou traição, defende o filósofo, há uma intuição sobre a existência humana que a filosofia se encarregará de desvendar mais tarde – e também por esse motivo essas histórias nunca deixaram de fazer sentido para nós.

Além de monstros, deuses raivosos e feiticeiras envolventes, Ulisses teve que enfrentar tentações como a de tornar-se imortal ou de simplesmente esquecer tudo que amava antes da guerra – a mulher, o filho e a terra natal inclusive. Nada disso desviou o herói da determinação de voltar para casa, mesmo que isso significasse envelhecer e morrer como um homem comum. Ulisses, escreve o filósofo, nos ensina que a principal (e nada simples) tarefa de todos nós é encontrar nosso lugar no mundo: "A vida boa é a vida reconciliada com o que ela é, a vida em harmonia com o seu lugar natural na ordem cósmica, cabendo a cada um encontrar esse lugar e cumprir esse percurso, se quiser chegar um dia à sabedoria e à serenidade".

Viajar é bom, mas voltar para casa é sempre um alívio.

23 de janeiro de 2010

Três livros de filosofia para leigos:

Aprender a Viver, de Luc Ferry
As Consolações da Filosofia, de Alain de Botton
Uma Breve História da Filosofia, de Nigel Warburton

Primeira pessoa

Alguns dos melhores textos que eu já li foram escritos na primeira pessoa – e alguns dos piores também.

A autoexposição gera tanto a obra-prima (Os *Ensaios* de Montaigne, para citar o sujeito que mais ou menos inventou o negócio de escrever sobre si próprio e mostrou até onde esse tipo de investigação íntima poderia levar um autor genial) quanto o bom e velho papo-furado, aquele tipo de revelação pessoal que extrai do leitor nenhuma emoção além da vergonha alheia e uma única pergunta em tom de exclamação: "E o Keko?".

A narrativa íntima e pessoal atrai nossa atenção como um buraco de fechadura. Não interessa se o que está acontecendo do outro lado da porta é uma cena de paixão ou uma reunião de executivos de uma multinacional.

Se a história for contada, com a devida graça, por um observador inteligente e articulado, nós vamos querer parar para ouvir – mais ainda se ele acrescentar à narração o tempero irresistível do "eu estive lá". Mas, se a história for tola, mal contada e sem graça, nós vamos prestar atenção também – mesmo que apenas por alguns segundos, antes de sair de fininho.

É da nossa natureza a bisbilhotice, e já era assim muito antes de inventarem o Big Brother.

O que mudou radicalmente nos últimos tempos foi a quantidade de canais abertos para a autoexposição, caminho que a internet tornou tecnologicamente possível e as redes sociais projetaram ao infinito. Vivemos hoje numa barafunda de experiências particulares compartilhadas das mais diferentes formas.

A foto do bebê, ainda no hospital, atravessa o planeta poucos minutos depois do nascimento e chega ao celular de uma conhecida (não muito íntima) da mãe. Amores começam e acabam diante de espectadores involuntários e sob o olhar impaciente da fila – que, como todo mundo sabe, anda. Agora já existem até os funerais online, garantindo plateia globalizada até mesmo para o instante mais solitário da existência.

Nunca soubemos tanto uns sobre os outros e em tantos detalhes: onde o amigo está jantando, com que roupa nossa prima vai ao cinema, o programa de televisão a que o vizinho está assistindo naquele instante e se ele gostou ou não da gravata do William Bonner – e também se está deprimido, entediado, com dor de barriga. Tudo devidamente acompanhado de muitas fotos e vídeos, usados não apenas para congelar cada minuto vivido, mas para compartilhá-lo com o maior número de pessoas possível. Falando assim, parece tudo sem sentido e confuso. E é mesmo, boa parte do tempo. Mas essa overdose de "eu fiz", "eu sou", "eu existo", lançados no ciberespaço mais ou menos aleatoriamente, não eliminou nosso fascínio por aquilo que os outros têm a nos dizer sobre si próprios – e sobre nós mesmos, por extensão. "Sou humano, e nada do que é humano me é estranho", disse um dramaturgo romano chamado Terêncio.

A narrativa confessional que transcende a banalidade e consegue nos fazer pensar, rir, chorar – ou seja, sermos humanos – apenas tornou-se mais rara e preciosa.

5 de fevereiro de 2011

Três livros de ensaios confessionais:

A Invenção da Solidão, de Paul Auster
A Menina sem Estrela, de Nelson Rodrigues
Patrimônio, de Philip Roth

Perelman e o subsolo

Durante pouco mais de 40 anos, entre a emancipação dos servos, em 1861, e a pré-revolução, em 1905, a Rússia viveu uma explosão de criatividade e excelência literária. De *Almas Mortas*, de Gogol, aos últimos contos de Tchékhov, que morreu em 1904, foram tantas obras-primas, que o sujeito determinado a passar a vida inteira apenas "lendo os russos" pode morrer tranquilo: terá entrado em contato com algumas das maiores obras já produzidas pelo espírito humano, em abrangência e profundidade. Quem coloca na cabeceira da cama *Guerra e Paz*, *Anna Kariênina* e *A Morte de Ivan Ilitch*, de Tolstói, e mais *Crime e Castigo*, *Memórias do Subsolo*, *O Idiota* e *Os Irmãos Karamazov*, de Dostoiévski, pode correr algum risco de soterramento literário no meio da noite, mas de tédio ou pobreza de espírito não morre.

À primeira vista, parece quase absurda tamanha conjunção de talentos em uma mesma época e em um mesmo território, mas vamos combinar que a história deu uma mãozinha, criando o ambiente claustrofóbico que acabaria desembocando na revolução de 1917 – não sem antes deixar sua marca em todos os grandes autores, alguns de maneira assustadoramente profética. A literatura russa é cheia de pressentimentos e predições, angústias existenciais e dramas éticos, e cada um desses mergulhos aos porões da alma humana poderia se espelhar nos acontecimentos históricos que, naqueles anos, já preparavam a chegada do século 20. Pois eis que, em pleno 2010, surge um personagem real que parece saído de um livro de Dostoiévski – mais especificamente de *Memórias do Subsolo* (1864), obra-prima que influenciaria autores como Kafka, Beckett e Camus, entre outros. Nós, os leigos, provavelmente jamais teríamos tomado conhecimento da existência do matemático Grigori Perelman, 44 anos, se ele não tivesse recusado o prêmio de US$ 1 milhão oferecido pelo Instituto Clay de Matemática por ter resolvido, em 2003, a Conjectura de Poincaré, formulada pelo matemático francês Jules Henri Poincaré, no início do século passado, e até então sem solução.

Considerado um dos maiores gênios vivos do mundo, Perelman explicou esta semana por que não teve nenhum interesse em ir receber a bolada. Sem abrir a porta de seu apartamento infestado de baratas, em São Petersburgo (a cidade em que se passa *Memórias do Subsolo*), Perelman despachou o jornalista que tentava entrevistá-lo com a seguinte frase: "Tenho tudo que preciso". Uma vizinha contou que ele tem em casa apenas uma mesa, um banquinho e uma cama com um lençol deixado ali pelos antigos donos.

Como Perelman, o narrador do livro de Dostoiévski é um esquisitão que diz verdades perturbadoras em meio ao delírio misantropo. O personagem atribui ao "excesso de consciência" a dificuldade de viver como os homens comuns (os que seriam capazes de virtualmente qualquer coisa por US$ 1 milhão): "Não consegui chegar a nada, nem mesmo tornar-me mau: nem bom nem canalha nem honrado nem herói nem inseto. Agora vou vivendo os meus dias em meu canto, incitando-me a mim mesmo com o consolo raivoso

– que para nada serve – de que um homem inteligente não pode, a sério, tornar-se algo, e de que somente os imbecis o conseguem".

Dostoiévski pode não ter "previsto" Perelman, mas seu anti-herói preparou terreno para todos os esquisitões que, saindo da norma, revelam não apenas a sua loucura, mas um pouco das nossas também.

27 de março de 2010

Três russos enxutos:

Memórias do Subsolo, de Fiódor Dostoiévski
A Morte de Ivan Ilitch, de Leon Tolstói
A Dama do Cachorrinho e Outros Contos, de Anton Tchékhov

Sob a cerração

Neblina, névoa, nevoeiro, fog: quatro palavras com o mesmo significado e nenhuma delas serve para descrever um dia branco e difuso de um típico inverno gaúcho. A linguagem é assim, utilitária na aparência, mas cheia de conexões invisíveis – com a nossa história, nosso lugar no planeta, nossas pequenas nostalgias particulares. É por isso que para a maioria de nós, nascidos neste lado de cá do mundo, "neblina" é apenas o nome de um fenômeno meteorológico. É preciso dizer "cerração" para que o sentido da palavra se espatife em milhares de cacos de memórias igualmente difusas – manhãs dos tempos de escola, madrugadas prolongadas, um domingo que amanheceu frio, mas com promessa de sol e céu azul para um passeio no fim da tarde.

O filme *Os Famosos e os Duendes da Morte*, premiado nos festivais do Rio e de Punta e exibido este ano em Berlim, tem muitos méritos, mas o menos comentado talvez seja o de reunir algumas das mais belas cenas de cerração já vistas no cinema. E digo cerração, e não neblina ou fog, porque o filme foi rodado no Vale do Taquari.

Trata-se de um filme "sensorial", se é que existe esse gênero, em que a história importa menos do que o ambiente para o qual ele nos transporta, uma cidade pequena do Interior, que poderia ser qualquer uma, mas calha de nos ser familiar pela paisagem, pelo clima e pelo sotaque da gente alemoa que povoa o lugar – filmados com delicadeza extrema e distanciamento na medida pelo paulista Esmir Filho. O diretor encontrou no livro do gaúcho Ismael Canepelle a definição de adolescência que o atraiu para a história: "Viver no lugar em que você nasceu, porém sentindo que aquele não é o seu lugar".

O personagem principal é um garoto de 16 anos, fã de Bob Dylan, que se relaciona com o mundo por meio da internet – como a maioria dos meninos e meninas da sua idade, seja no Vale do Taquari ou do Reno. A cidade pequena em que ele mora às vezes parece bucólica, às vezes limitada. Viver perto da família às vezes é aconchegante, noutras sufoca. O próprio personagem principal oscila entre o final da infância e o início da vida adulta, e toda essa instabilidade nao poderia ter uma traduçao visual mais apropriada do que a cerração que confunde os olhos e borra o horizonte.

Um dos elementos centrais do filme é a ponte de madeira onde se dá o desfecho da história. Uma ponte que pode ter muitos significados dentro da história, inclusive o de ressaltar essa ligação inédita que a internet proporciona entre a vizinhança interiorana mais remota e a metrópole. Esse menino de Lajeado que vai de bíci pra escola e fala "tu" com aquele sotaque que nos soa tão familiar tem que decidir a que lado da ponte ele pertence, como tantos antes dele. A diferença é que "o outro lado do rio", o universo que ele sonha explorar, tem uma embaixada instalada ao lado da sua cama: o mundo imaterial e virtualmente sem fronteiras dos relacionamentos que se estabelecem na rede.

16 de abril de 2010

Três bons livros que viraram bons filmes:

Os Famosos e os Duendes da Morte, de Ismael Canepelle (pelo diretor Esmir Filho)
Um Amor de Swann, de Marcel Proust (pelo diretor Volker Schlöndorff)
Lavoura Arcaica, de Raduan Nassar (pelo diretor Luiz Fernando Carvalho)

Os centenários

Chega uma hora na vida em que a pessoa tem que optar entre a manteiga e a longevidade. Ou você mantém sua vidinha mais ou menos no mesmo ritmo em que ela sempre foi, incluindo aí todos os prazeres potencialmente fatais que você cultivou ao longo dos primeiros 40 ou 50 anos, ou decide engatar uma espécie de modalidade econômica de operação, apostando na utilização racional de um dos recursos mais limitados disponíveis na natureza: a sua própria vida.

O dilema da manteiga impõe-se praticamente todos os dias para quem já passou de uma determinada idade, com profundas implicações existenciais. Ele se instala nos momentos em que estamos mais distraídos, tomando café da manhã em casa ou beliscando um pratinho de linguiça frita com os amigos. Diante de qualquer pequeno prazer condenado pela ciência ou pelo *Fantástico*, cada um de nós é obrigado a fazer uma escolha, mais ou menos consciente, entre extrair o máximo do momento presente, cobrindo um pão quentinho com uma generosa camada de manteiga com sal, por exemplo, ou poupando-se na esperança de uma recompensa futura: uma vida longa e saudável. Viver intensamente ou aos pouquinhos? Cigarra ou formiguinha? Ser ou ser-com-parcimônia, eis a questão.

As duas alternativas são apostas de risco, evidentemente. Comer alface e fazer exercícios, sem prazer e por obrigação, talvez pareça uma escolha sensata, mas pode provar-se um sacrifício inútil se um cofre (real ou metafórico) cair na sua cabeça na semana que vem. Optar pela modalidade "sem medo de ser feliz" pode parecer a opção ideal para quem não faz a mínima questão de pensar a longo prazo, mas não elimina a possibilidade de que essa pessoa venha a mudar de ideia daqui a alguns anos, quando talvez seja tarde demais para pegar leve.

Mas melhor do que chegar aos cem, ou perto deles, lúcido e produtivo é chegar lá sem nunca ter se preocupado com a quantidade de gordura trans contida no biscoito recheado – caso da geração que nasceu no início do século 20, muito antes de os cuidados com a saúde se tornarem uma mania planetária. Esta semana, o arquiteto Oscar Niemeyer completou uma façanha de contornos épicos: viu sua criação, Brasília, chegar aos 50 anos – ele mesmo tendo chegado aos 102 no ano passado. A mãe de Roberto Carlos, Lady Laura, que morreu esta semana aos 96, acompanhou as comemorações dos 50 anos de carreira do filho famoso, em 2009, e despediu-se de um rei já com cabelos brancos e avô. (Duas outras mães centenárias de músicos famosos: Dona Canô, mãe de Caetano, tem 102, e dona Maria Amélia, mãe de Chico, completou cem este ano.) Em uma entrevista recente, o tradutor Boris Schnaiderman, que acaba de lançar uma nova tradução de Tolstói, aos 92, narrou um episódio quase inacreditável: assistiu, ao vivo, aos três dias de filmagens da clássica cena da escadaria do filme *Encouraçado Potemkim* (1925), quando morava em Odessa, na infância.

Em seu delicioso livro de memórias, *Meu Último Suspiro*, publicado poucos meses antes de ele morrer, em

1983, e relançado este ano no Brasil, o diretor espanhol Luis Buñuel diz que não lamentaria tanto a proximidade da morte se pudesse, de vez em quando, voltar para o mundo dos vivos apenas para apanhar uma pilha de jornais e ver o que andava acontecendo.

O difícil não é morrer, é ficar sem notícias. Tchau, manteiga.

24 de abril de 2010

Três livros de memórias:

Meu Último Suspiro, de Luis Buñuel
A Cerimônia do Adeus, de Simone de Beauvoir
Só Garotos, de Patti Smith

Filme para a família

O cinema americano transformou o "filme para a família" em um dos gêneros mais lucrativos da indústria cinematográfica. Pense em *ET*, na série *De Volta para o Futuro* ou em títulos mais recentes, como *Shrek* e *Alice no País das Maravilhas*, e você entende imediatamente do que estamos falando. Trata-se daquela espécie de atração que oferece vários níveis de apelo para a audiência – personagens engraçados e tramas descomplicadas, para assegurar a atenção da garotada, e referências mais ou menos sofisticadas ao imaginário adulto, para evitar que papais e mamães peguem no sono durante a sessão. Além de divertir e emocionar públicos de diferentes idades, é obrigatório que o filme para a família ofereça alguma mensagem edificante e não toque em assuntos considerados "inapropriados" para menores, como sexo, drogas e violência.

O filme *As Melhores Coisas do Mundo*, de Laís Bodanzky, tem cenas de sexo (implícito) e drogas (explícitas) e não é recomendado para menores de 14 anos. Mesmo assim, é o melhor "filme para a família" feito no Brasil (até onde eu me lembro), se inventarmos que o gênero, além de divertir os filhos e manter acordados os pais, pode servir também para que ambos saiam do cinema trocando ideias sobre o que viram na tela. Nesse sentido, *As Melhores Coisas do Mundo* é insuperável, pela habilidade com que a diretora e o roteirista conseguiram colocar em cena, sem prejuízo da dramaturgia ou da qualidade estética da obra (ou seja, o filme não é chato nem raso), uma espécie de catálogo das angústias do adolescente brasileiro de classe média destes anos 2010.

O tema central é o bullying, a praga das pequenas vilanias cotidianas praticadas na escola e nem sempre combatidas com a dureza necessária por pais e professores. Mas também estão lá, mais ou menos aprofundados, temas como sexting (a troca de fotos pornográficas via celular), banalização do sexo e do "ficar", invasão da privacidade em blogs e redes sociais, consumismo, depressão na adolescência e o velho embate entre o individualismo e a construção de alguma espécie de ética coletiva. O filme tem o mérito extra de reservar à figura do professor um papel relevante, quase como uma "ação de desagravo", já que nunca deve ter sido tão difícil comandar uma sala de aula como nos dias de hoje – quando pais tratam os profissionais da educação como empregados e escolas parecem ter mais medo de perder clientes do que de abrir mão de um projeto pedagógico.

As Melhores Coisas do Mundo pode assustar alguns pais, é verdade. Não é fácil saber de algumas coisas, e muito menos falar sobre elas com os filhos. Mas o filme é indispensável para quem tem adolescentes ou pré-adolescentes em casa e gostaria de ajudá-los a entender que seus fardos ficam um pouco menos pesados quando eles começam a aprender que o resto do mundo não é apenas a enorme vizinhança do seu exigente umbigo.

8 de maio de 2010

Três filmes para a família:

A *Felicidade Não se Compra*, de Frank Capra
O Balão Branco, de Jafar Panahi
O Jardim Secreto, de Agnieszka Holland

Sem respostas

Quem gosta de literatura acaba criando em torno de seus autores favoritos uma espécie de mitologia particular. Não que suas obras se transformem em algo parecido com um livro sagrado, congelado no tempo e avesso ao debate. Muito pelo contrário: um grande livro sempre é recriado de forma única a cada novo leitor que dele se aproxima, e alguns autores conseguem a proeza de irem se aperfeiçoando muito tempo depois de terem morrido – como se épocas diferentes fossem capazes de produzir novas e insuspeitadas leituras, em vez de apenas sacralizar as antigas. Nessa mitologia laica não existe culpa, nem pecado – apenas reconhecimento e reverência aos autores que nos tocaram de forma especial em determinado momento. Como se estivessem todos ali reunidos em uma catedral invisível, um templo construído unicamente para a celebração particular daqueles homens e mulheres que, através da literatura, nos tornaram um pouco mais humanos – e menos solitários.

Se o leitor é ateu e calha de incluir Dostoiévski entre os grandes de seu olimpo literário, como é o meu caso, não é raro que seja confrontado com o célebre enunciado do romance *Os Irmãos Karamazov* (1879): "Se Deus não existe e a alma é mortal, tudo é permitido". Boa parte do século 20 foi ocupada por discussões filosóficas a respeito dessa pequena frase – o que já demonstra a genialidade do livro. Mas cada leitor de Dostoiévski, do mais erudito ao mais inocente, é convidado a confrontar-se com ela da forma que mais lhe faz sentido. E essa é a beleza da literatura: sua natureza essencialmente antidogmática, mesmo quando parece o contrário. Porque a grande literatura é aquela que tenta entender, e não a que tenta ensinar. Dostoiévski nos comove porque sua angústia é genuína e não porque encontra todas as respostas.

Mais ou menos na mesma época de Dostoiévski, um certo autor português, muito popular no Brasil em determinada época, oferecia um contraponto à questão colocada em *Os Irmãos Karamazov*. Em *Os Maias* (1888), de Eça de Queiroz, o personagem Afonso da Maia, ateu convicto, ensina ao neto, Carlos, que a ausência de Deus não exime os homens de bem de viverem segundo uma determinada pauta de valores universais. Não é porque não há nenhum policial cuidando que vamos todos correr para assaltar um banco. Admitir que a única coisa que nos impede de fazer o que é certo e justo é a iminência do castigo, neste ou no outro mundo, de alguma forma nos diminui enquanto seres humanos potencialmente livres e responsáveis. E esse é um dos grandes equívocos que ainda vêm à tona quando se coloca a religião em debate.

Há grandes autores entre ateus e não ateus, mas poucos grandes autores absolutamente satisfeitos com tudo o que sabem. Em uma entrevista recente, perguntaram a José Saramago, um dos mais célebres ateus da literatura contemporânea, qual a questão que ele ainda não havia conseguido responder: "A pergunta que não consigo responder é muito simples: para quê? Para que tudo isso? Vou morrer sem encontrar a resposta. Creio que ninguém nunca encontrou".

Um grande autor é esse sujeito que amplia o alcance das nossas perguntas, sem necessariamente oferecer todas as respostas. O resto é barulho.

19 de junho de 2010

> **Três livros do novo ateísmo:**
>
> *Deus, um Delírio*, de Richard Dawkins
> *Deus Não é Grande*, de Christopher Hitchens
> *Quebrando o Encanto*, de Daniel Dennett

Check-up filosófico

Tem um verso de uma linda canção da banda Radiohead, "There There", que volta e meia me vem à cabeça: "Just 'cause you feel it/ Doesn't mean it's there" (em tradução muito livre, algo como "só porque você está sentindo, não quer dizer que seja real").

Algumas pessoas com mais frequência do que outras, todos somos levados, eventualmente, a agir e reagir como se a emoção do momento estivesse no comando, e não a cabeça. O sentimento até pode ser genuíno – dor, ciúme, raiva, paixão – mas nem sempre a leitura que fazemos da realidade guiados por essa emoção é correta, justa ou adequada para a ocasião. Para não fugir ao tema obrigatório do dia, deixar-se levar pela emoção pode fazer com que torcedores apaixonados exagerem os méritos do próprio time ou subestimem as qualidades dos adversários. Só porque você sente, não quer dizer que esteja lá.

Mas se a gente nem sempre pode confiar no que sente, será que dá para contar com aquilo que acreditamos ser a sensata voz da razão? Essa é a provocação do livro *Você Pensa o que Acha que Pensa?: Um Check-up Filosófico*, lançado há pouco no Brasil. Criadores de uma popular revista de filosofia na internet (www.philosophersnet.com), os autores Julian Baggini e Jeremy Stangroom propõem 12 testes que ajudam a medir até que ponto o leitor é fiel aos princípios que defende – ou seja, se ele é realmente aquela pessoa que, na maior parte do tempo, acredita ser.

    Tirar uma vida é sempre, em todas as situações, moralmente condenável? Tudo que é antinatural é necessariamente errado? Como julgamos se um artista é bom ou não? Existem verdades absolutas ou tudo é relativo? Os questionários identificam tensões, ou contradições, nas nossas opiniões sobre determinados assuntos. Será possível, por exemplo, acreditar em livre-arbítrio e ao mesmo tempo em destino? Uma impagável frase de George W. Bush usada como epígrafe no livro parece resumir a enrascada: "Tenho as minhas próprias opiniões – opiniões sólidas –, mas nem sempre concordo com elas".

    Os assuntos são sérios – ética, moral, tabus, religião –, mas o livro não tem nada de chato ou complicado. Exige alguma paciência de quem se dispõe a se submeter a todos os testes, mas o resultado pode ser bastante revelador e intrigante. Ficamos sabendo, por exemplo, que a maioria das pessoas (cerca de 75%) que se submetem ao teste de lógica acerta apenas duas das quatro questões, todas aparentemente muito simples (foi o meu caso, aliás).

    Se a lógica é "a anatomia do pensamento" (John Locke), é possível concluir que trocamos os pés pelas mãos mais frequentemente do que imaginamos na hora de analisar um argumento. Agora que a campanha eleitoral vai começar de verdade, essa é uma boa desconfiança para manter em mente.

3 de julho de 2010

Três pretextos para um check-up filosófico:

Você Pensa o que Acha que Pensa?: Um check-up filosófico,
de Julian Baggini e Jeremy Stangroom
Pequeno Tratado das Grandes Virtudes, de André
Comte-Sponville
A Arte da Vida, de Zygmunt Bauman

O faroeste e a marchinha

No faroeste *O Homem que Matou o Facínora* (1962), de John Ford, há uma cena decisiva de duelo em que três homens medem suas forças. James Stewart, na pele do advogado Ransom Stoddard, representa a crença na lei e no contrato social que torna a civilização possível. Lee Marvin, o facínora Liberty Valance, encarna a força bruta e sem limites que submete a pequena cidade de Shinbone à lógica perversa do manda-mais-quem-pode-mais – e quem atira mais rápido. O terceiro vértice cabe a John Wayne, como o herói que tem a coragem e a destreza para enfrentar o bandido, mas está mais interessado em defender a própria pele e a das pessoas próximas do que a cidade inteira.

No começo do filme, o bando de Liberty Valance assalta a carruagem em que Ransom Stoddard viaja com uma velha viúva. Quando o bandido ataca sua acompanhante, o jovem advogado sai em sua defesa. "Que espécie de homem é você?", pergunta James Stewart, espantado com a brutalidade do agressor. Lee Marvin devolve a pergunta, sugerindo que o tipo esquisito ali é quem, em pleno Velho Oeste, anda armado apenas com seus livros de Direito.

Como boa parte dos filmes de John Ford, *O Homem que Matou o Facínora* encerra um pequeno tratado sociológico sobre a formação dos Estados Unidos. É provável que os descendentes de índios não aprovem muito a versão da História que o diretor privilegia, mas toda a revisão histórica que se fez de sua obra não foi capaz de negar seu talento como cineasta. *O Homem que Matou o Facínora* é o meu favorito por vários motivos, mas há uma pequena cena que vale por toda a mitologia do Velho Oeste como o cenário em que a civilização e os instintos mais primitivos se enfrentam. O homem que acredita na justiça e prefere não andar armado improvisa uma pequena sala de aula para ensinar adultos e crianças não apenas a ler e escrever, mas também a conhecer sua História e os princípios que fundaram o país. Sem educação, a cidade estaria condenada a ficar à mercê de heróis e bandidos. Para a democracia sobreviver, sugere o filme, não basta Congresso: é preciso sala de aula.

    Acho que não abuso muito do raciocínio se disser que em determinada época as marchinhas ocuparam no imaginário brasileiro um espaço parecido com que o cinema ocupou nos Estados Unidos. Muito populares dos anos 20 aos 60, as marchinhas de Carnaval oferecem um retrato irreverente da alma nacional. Ouvindo a letra de uma marchinha, a gente descobre não apenas as gírias que a nossa avó usava, mas também um horizonte mais amplo de convicções, costumes, preconceitos e tendências políticas. Se existe sociologia no cinema americano, ela também está na marchinha brasileira. Não sei se há alguma que celebre o giz e o quadro-negro, mas tem uma, "Se Eu Fosse Getúlio", sucesso no Carnaval de 1954, que sugere o que o brasileiro médio dos anos 50 pensava sobre educação: "O Brasil tem muito doutor/ Muito funcionário, muita professora/ Se eu fosse o Getúlio/ Mandava metade dessa gente pra lavoura".

    Mais de 120 anos se passaram desde a época do Velho Oeste, e boa parte desse tempo o Brasil desperdiçou acreditando que doutores e professores não faziam falta. As consequências dessa escolha podem nos apanhar a qualquer momento, em qualquer esquina, sempre que um facínora topar com um homem comum – e não houver nem xerife nem John Wayne por perto para o defender.

10 de julho de 2010

Três faroestes fascinantes:

O Homem que Matou o Facínora, de John Ford
Matar ou Morrer, de Fred Zinnemann
Os Imperdoáveis, de Clint Eastwood

Dedicatórias

Esses tempos contei aqui minha capitulação diante do livro eletrônico. É prático, não tem cheiro e não solta as páginas, além de ter sobre os de papel a sobrenatural vantagem do teletransporte – pensou, comprou, começou a ler. Simples assim.

Na semana passada, a Amazon anunciou que a venda de livros digitais triplicou em comparação a 2009 e que no último mês os eletrônicos superaram a venda de impressos. É provável que este ano que está terminando seja lembrado como aquele em que expressões como "virar a página" ou "dedicatória" começaram a ficar tão anacrônicas quanto "cair a ficha" e "rebobinar".

Capitular, no meu caso, significa aceitar a novidade, recebê-la em casa, oferecer o sofá e um cafezinho, sem esquecer que uma vida sem uma certa dose de anacronismo é tão sem graça quanto uma casa em que o máximo de história de cada objeto coincide com o número de parcelas já pagas do crediário. Para quem gosta de ler, o livro usado é o toque de anacronismo que valoriza uma coleção.

Se o colecionador, além de bem informado, for também muito rico, o resultado são bibliotecas fabulosas como a que o empresário José Mindlin doou, em parte, para a USP, e que inclui preciosidades da literatura brasileira. (Cerca de 10% desse acervo, olhem que beleza, já pode ser consultado no site www.brasiliana.usp.br, graças a um robô que passa o dia inteiro digitalizando livros antigos, ou seja, trabalhando para preservar o anacronismo do futuro.)

Mesmo quando não se trata de uma edição rara, um livro colhido em sebo tem sempre um valor agregado extra: o de carregar, além da história que o autor escreveu, aquela do leitor (ou leitores) que passaram por ali antes. Às vezes, é uma história quase invisível, feita de pequenas marcas, dobraduras, sinais discretos de que o livro não foi apenas adquirido, mas frequentado.

Há leitores que sublinham e anotam, dialogando involuntariamente com os leitores do futuro. Há os que apenas assinam e datam a folha de rosto, deixando para a nossa imaginação o trabalho de inventar uma biografia. Uma moça (senhora?) de letra esbelta assinou em 1958 um volume de *Maravilhas do Conto Norte-Americano* que me acompanha há mais de 20 anos. O nome dela é Celita Campos Chagas. Será que dona Celita ainda vive? Terá transmitido o gosto da leitura para filhos e netos? Cartas para a redação.

Às vezes, a dedicatória registra um mundo de pequenas delicadezas que se tornaram tão raras quanto as próprias dedicatórias. Em um exemplar de *A Sinfonia Pastoral* que eu guardo há algum tempo, um professor parabeniza o aluno, "o melhor da segunda série C" de 1961: "Com estudo, trabalho, dedicação e perseverança, o aluno pode, e deve, superar os mestres". Testemunho de uma época em que professor era mestre – e dos alunos era esperado que se espelhassem neles.

No futuro, quem sabe, vão inventar um jeito de fazer livros eletrônicos passarem de um dono para outro, cruzando épocas, de uma geração para a seguinte. Por enquanto, esse é um privilégio dos velhos maços de papel amarelado com cheiro de guardado (acompanhados, com sorte, por belas ou enigmáticas dedicatórias).

6 de novembro de 2010

Três livros para dedicar a um jovem leitor:

O Apanhador no Campo de Centeio, de J.D. Salinger
Zen e a Arte de Manutenção de Motocicletas, de Robert Pirsig
O Complexo de Portnoy, de Philip Roth

Quindim poético

É impossível não alimentar certa curiosidade sobre a vida íntima dos escritores. Em primeiro lugar, porque eles nos parecem humanos de uma categoria rara. Como uma bactéria que incorpora arsênio ao DNA, grandes escritores também criam vida a partir de matérias improváveis – e essa capacidade de povoar o mundo de criaturas imaginárias é tão fascinante quanto indecifrável.

Nossa fantasia é de que a vida cotidiana do escritor reflita, de alguma forma, a grandeza de sua obra. Se topássemos com Drummond na padaria, gostaríamos que o simples gesto de escolher um quindim viesse repleto de revelações sobre a condição humana, como sua poesia.

Queremos imaginar o quindim poético, precisamos do quindim poético, mas a poesia é a vida passada a limpo, com letra caprichada, e não o que acontece nas padarias a nossa vista. Em uma conversa com a viúva de Jorge Luis Borges, María Kodama, o escritor português José Saramago quis saber, com uma dose de indiscrição e outra de tietismo literário, que palavras o mestre argentino usava para falar de amor.

Kodama respondeu que costumavam usar nomes ligados à literatura: "Um desses nomes era tirado de um conto que ele me tinha dedicado em segredo e que se chama Ulrica.

Ulrica vinha da 'Elegia de Marienbad', de Goethe, que ele me recitava em alemão. Ulrike von Levetzow era o nome da jovem amante de Goethe, e quando ele fazia amor com ela contava as sílabas nas suas costas, acariciando-as com a mão. Bem, já está dito". Revelando mais sobre o escritor do que sobre o homem, Kodama provavelmente deu a resposta que Saramago esperava ouvir. Um típico caso de quindim que saiu mais poético do que a encomenda.

No documentário *José e Pilar*, somos apresentados a um casal bem mais convincente, amorosamente falando, do que Borges e María Kodama. Cada dedicatória de Saramago à mulher é um pequeno testemunho literário desse amor que veio na maturidade do escritor, como a própria literatura: "A Pilar, minha casa" (em *As Intermitências da Morte*), "A Pilar, que ainda não havia nascido, e tanto tardou a chegar" (em *As Pequenas Memórias*). Na intimidade, Saramago e a jornalista Pilar del Río tocavam-se, como se tocam todos os apaixonados, e discutiam, como costumam discutir as pessoas que compartilham uma vida em comum – nada que lembre muito o casamento de Borges com a ex-assistente.

O que Pilar e María Kodama podem ter em comum é a desconfiança que ambas despertam em quem costuma ver, na mulher do grande artista, a sombra de uma aproveitadora em potencial – a menos, é claro, que ela se adapte a papéis convencionais como o da sombra silenciosa ou o da esposa traída e conformada (caso da mulher com quem Drummond foi casado a vida inteira, por exemplo).

Pilar não é etérea como uma musa romântica, tampouco submissa à fama do marido. Feminista até a raiz dos cabelos pintados e com enorme energia para o trabalho, é tão determinada, que um dia decidiu que ia conhecer pessoalmente seu escritor favorito – e deu no que deu. Pilar é uma mulher fascinante, e não é difícil perceber por que Saramago se apaixonou por ela. Difícil é entender por que ainda é tão difícil tolerar a imagem de uma mulher forte e independente.

4 de dezembro de 2010

> **Três documentários sobre escritores:**
>
> *Pancinema Permanente*, de Carlos Nader (sobre Wally Salomão)
> *Vinicius*, de Miguel Faria Jr. (sobre Vinicius de Moraes)
> *O Engenho de Zé Lins*, de Vladimir Carvalho (sobre José Lins do Rego)

Nu na passarela

A moda tira sua força da tensão permanente entre a vontade de ser diferente e o impulso de imitar. Por um lado, há o desejo de sermos únicos, especiais. Por outro, queremos pertencer aos grupos da nossa escolha em todos os detalhes, inclusive na roupa, dissolvendo nossa identidade de forma que não reste a menor dúvida de que compartilhamos todos os códigos não escritos que definem nosso lugar no mundo – pelo menos naquilo que depende unicamente do nosso poder de compra.

A definição é do filósofo francês Gilles Lipovetsky, que em um ensaio já clássico, *O Império do Efêmero* (1987), defendia que a moda era uma ferramenta preciosa para entender o mundo contemporâneo.

Na contramão de boa parte dos intelectuais que ainda torcia o nariz para o assunto, o filósofo mostrava como a indústria da aparência reflete valores caros a nossa época: o culto ao corpo, o fetiche do consumo, a obsessão pela eterna juventude. Encarar o tema como passatempo inconsequente de gente rica e desocupada, defendia Lipovetsky, é perder a oportunidade de entender um pouco melhor quem somos e o que valorizamos.

Cópia e originalidade, arte e mercado, ousadia e submissão. Poucos fenômenos culturais serão tão ricos em ambivalências quanto o universo fashion, que envolve pesquisa, observação, criação, mas também marketing, comércio, obsolescência programada, pose – e tudo isso em doses mais ou menos equilibradas.

Diante de um desfile do estilista britânico Alexander McQueen, que se suicidou há pouco mais de um ano, era difícil ficar indiferente à explosão criativa do que se via na passarela – uma combinação de teatro, artes plásticas, dança, música e, evidentemente, figurino que impactava o espectador como o espetáculo de um encenador brilhante.

Mas mesmo estilistas menos geniais eventualmente apresentam essa capacidade única de traduzir em formas e texturas uma ideia ou um sentimento. Nesse aspecto, a moda pode, sim, reclamar seu espaço no universo das artes como uma manifestação do espírito criativo capaz de expressar autoria e refletir o espírito de uma época.

Mas criação e invenção são apenas um dos lados da indústria da moda, que se sustenta não apenas do talento dos estilistas para encher os olhos, mas dos lucros da enorme cadeia produtiva que está por trás das roupas esquisitas que desfilam na passarela.

Para funcionar, é preciso que a casta formada por estilistas, jornalistas de moda e artistas (que emprestam sua imagem para esta ou aquela marca) seja investida de algum tipo de autoridade. Os mortais comuns, aqueles que vão comprar na loja da esquina a diluição infinitesimal do princípio ativo apresentado na semana de moda, devem reconhecer nesses profissionais o domínio de códigos que eles não alcançam. Dessa estratificação entre a casta dos que ditam e a casta dos que compram surge a arrogância dos primeiros – subproduto desse sistema que se sustenta do eterno desejo de se parecer o que não se é. O diabo, como todo mundo sabe, veste Prada.

O estilista John Galliano perdeu o emprego esta semana por declarações antissemitas registradas em vídeo e tornadas públicas – para choque de admiradores do mundo todo. Quase imperceptível entre os insultos racistas, porém, aparecia uma ofensa bem menos grave, mas muito eficiente para revelar a essência desse mundo movido a regimes extremos, photoshop e supervalorização da imagem: "Vocês são feias!".

Onde os mortais viam irreverência e gênio não havia nada além de histrionismo, álcool e uma brutal ausência de humanidade. Vestido na última moda, o rei ficou nu.

5 de março de 2011

Três livros sobre moda:

O Império do Efêmero, de Gilles Lipovetsky
O Espírito das Roupas, de Gilda de Mello e Souza
Coco Chanel & Igor Stravinsky, de Chris Greenhalgh

O jurado número 8

Quando o cineasta Sidney Lumet morreu, no sábado passado, aos 86 anos, o veterano crítico americano Roger Ebert dedicou-lhe um tocante texto de despedida, qualificando o diretor nova-iorquino como um dos grandes humanistas da história do cinema. Produtivo e lúcido até os últimos anos, o autor de clássicos como *Um Dia de Cão*, *Serpico* e *Rede de Intrigas* conseguiu um feito não muito comum na carreira de artistas longevos: entrou e saiu de cena com duas obras-primas.

Seu último trabalho, o impactante thriller *Antes que o Diabo Saiba que Você Está Morto* (2007), é daqueles filmes que saem com você do cinema e o deixam desassossegado por alguns dias, antes de repousar definitivamente no arquivo vivo da memória. Mas a obra-prima que eu queria lembrar aqui é aquela que marcou a estreia de Sidney Lumet no cinema: *Doze Homens e uma Sentença* (1957), um dos filmes que talvez expliquem por que aquele jovem diretor seria lembrado no futuro como um dos grandes humanistas da sua geração.

Apesar de aparentemente se encaixar na categoria "drama de tribunal", *Doze Homens e uma Sentença* não é um título convencional do gênero. O suposto criminoso, um garoto de 18 anos de um bairro pobre de Nova York, mal aparece no filme, e ao final da história nem sequer ficamos sabendo se ele realmente matou o próprio pai ou não. O que está em jogo ali não é a construção dedutiva da verdade aos moldes de uma trama policial ou mais uma reflexão sobre os limites da Justiça em uma democracia.

Tudo isso está no filme, operando na superfície da história, mas o que torna *Doze Homens e uma Sentença* uma obra-prima é menos a trama em que os personagens estão envolvidos (O garoto cometeu ou não o crime? Há evidências suficientes para condená-lo à morte?), mas a forma como os jurados interagem. O filme nos apresenta uma espécie de sinfonia humana – com cada um dos 12 jurados encarnando tipos universais e atemporais, facilmente identificáveis em qualquer grupo de pessoas.

Há o sujeito irascível, que bate na mesa e se impõe mais pela intensidade da voz do que pela força dos argumentos. Há a turma dos retraídos, dos quais com dificuldade se extrai uma posição firme. Há os que oscilam ao sabor das opiniões alheias. Há os que querem se livrar rapidamente de qualquer tarefa para voltar logo a dedicar-se à própria vida. Há o velho sábio, mas já sem forças para se impor. Há o homem que não consegue perceber os próprios preconceitos e pensa estar exercendo o direito de opinião quando, na verdade, está questionando o próprio sentido da democracia – o princípio da igualdade.

E há, claro, o personagem de Henry Fonda. Herói do tipo "homem comum honrado", que caía como uma luva no ator, o jurado número 8 representa a grandeza de todas as pessoas que lutam pela justiça e se empenham por causas alheias como se fossem suas, mesmo quando elas parecem perdidas.

Todas as vezes em que você navegar contra a maré para fazer aquilo que, intimamente, acredita que é certo, pode se orgulhar de estar sendo como o jurado número 8 – gente que faz diferença.

16 de abril de 2011

Três filmes de tribunal:

Doze Homens e uma Sentença, de Sidney Lumet
Testemunha de Acusação, de Billy Wilder
O Julgamento de Nuremberg, de Stanley Kramer

Despedidas

Sair de cena de forma trágica e inesperada é provavelmente uma das melhores estratégias de marketing que já inventaram. É o que a gente poderia chamar de "modelo James Dean" de administração de carreira, sintetizado em uma frase que ficou quase tão famosa quanto seu autor: "Viva rápido, morra jovem, deixe um cadáver bonito". Aos 24 anos, James Dean seguiu à risca a própria receita – deixando três filmes e um Porsche destruído em um cruzamento.

A despedida precoce pode manter viva a fama de um artista até muito depois de sua morte, é verdade, mas tem o considerável inconveniente de abreviar todo o resto. (Se pudesse escolher, é provável que o próprio James Dean tivesse preferido sair daquele acidente mais vivo e menos lendário.) Situação oposta à do ídolo que morre jovem e intocado pelas marcas do tempo vive o artista que assiste à própria decadência.

O escritor Philip Roth, com uma longa e produtiva carreira de mais de 40 anos, exorcizou o medo de perder seu "mojo" no livro *A Humilhação* (2009), em que o personagem Simon Axler, um renomado ator de teatro, percebe, aos 65 anos, que subitamente perdeu o talento de atuar.

Saber como e quando sair de cena torna-se um dilema cada vez mais frequente em uma época em que não apenas vivemos mais e nos aposentamos mais tarde, mas aprendemos a associar, às vezes equivocadamente, sucesso profissional com satisfação pessoal.

O desfecho de uma carreira é percebido como um pequeno suicídio ou uma pequena eutanásia – uma morte simbólica, acompanhada não apenas como espetáculo, mas como cerimônia fúnebre. Como em todas as cerimônias fúnebres, choramos não apenas por quem se vai, mas pela desconfortável lembrança de que somos, todos, irremediavelmente provisórios.

Nas últimas semanas, assistimos a duas despedidas, encenadas em circunstâncias diferentes, mas vividas de forma igualmente intensa e espetacular. Ronaldo Fenômeno abandonou o futebol depois de esgotar todos os recursos com os quais foi abençoado pela natureza, encerrando uma carreira de altos e baixos e sucessivas reinvenções.

Jogou até a última gota de talento disponível, mas quando se despediu da Seleção, na semana passada, conseguiu fazer com que o torcedor visse em campo não o ex-atleta acima do peso e já sem fôlego, mas o herói que Ronaldo um dia foi.

Já a apresentadora Oprah Winfrey despediu-se do programa diário depois de 25 anos e antes de qualquer sinal perceptível de decadência. Anunciou a despedida com um ano de antecedência e transformou a última temporada do show em uma espécie de celebração contínua do próprio sucesso.

Oprah e Ronaldo serão sempre medidos pelo que fizeram até aqui, um trecho relativamente curto de suas vidas, mas saíram de cena respeitando o próprio passado e a devoção do público. Todo Carnaval tem seu fim, mas apenas os mais afortunados têm a chance de coreografar a própria Quarta-Feira de Cinzas.

18 de junho de 2011

Três livros de Philip Roth sobre a velhice:

O Animal Agonizante
Homem Comum
A Humilhação

O muro

Roger Waters nasceu em 1943, na Inglaterra, durante a Segunda Guerra. Seu pai morreu em combate, na Itália, antes de o filho caçula completar um ano. Aos 15, o mesmo menino politicamente engajado que já fazia campanha pelo desarmamento nuclear era um aluno deslocado e ressentido. "Odiei cada segundo passado na escola", contou ele em uma entrevista.

"O regime era opressivo, e as mesmas crianças que sofriam bullying dos colegas também eram humilhadas pelos professores." Anos depois, o garoto que cresceu odiando a guerra, a escola e todo tipo de poder exercido pela força fundou uma banda chamada Pink Floyd e contou sua história em um disco que se tornaria um dos mais influentes e bem-sucedidos da história do rock.

The Wall, o disco, foi lançado em 1979. O filme, dirigido pelo cineasta britânico Alan Parker e com Bob Geldof no papel do roqueiro atormentado e depressivo, é de 1982. Em julho de 1990, quando o muro mais famoso do mundo já havia virado poeira e relíquias, Roger Waters apresentou em Berlim um espetáculo monumental baseado no disco, concebido para celebrar o fim de uma era em que os muros da vergonha não eram apenas metafóricos. Em 2010, o ex-líder do Pink Floyd retomou *The Wall* em uma turnê mundial – e é uma versão visualmente grandiosa desta ópera-rock autobiográfica que chega a Porto Alegre em março do ano que vem.

Alguns dos temas tratados em *The Wall* – a banalidade do mal, a estupidez da guerra, a solidão da fama – mantêm-se atuais como se as músicas tivessem sido escritas ontem. Mas a canção que de certa forma sintetiza o espírito de rebelião juvenil do disco, "Another Brick in the Wall", tornou-se curiosamente anacrônica em tempos de escolas conflagradas pela indisciplina e com dificuldade para legitimar qualquer tipo de hierarquia em sala de aula. A letra que fala de professores que humilham os alunos ("No dark sarcasm in the classroom") e tentam controlar o que eles pensam ("We don't need no thought control") parece fazer menos sentido agora do que há 50 anos, quando Roger Waters frequentava a escola. O problema é que tanto a rigidez dos anos 50 quanto o vácuo de autoridade da nossa época parecem extremos de desequilíbrio.

Qualquer adolescente de hoje provavelmente ainda entende, e assina embaixo, um refrão que diz: "Hey, teachers, leave the kids alone" (algo como "ô, professor, larga o pé dos alunos"), mas o tempo parece ter corroído o sentido original da frase, que em vez de grito de libertação de alunos oprimidos pode facilmente soar como a ordem de um estudante mimado para o sujeito atônito lá na frente, tentando bravamente convencer seus alunos de que eles têm, sim, alguma coisa para aprender com os adultos: "Ô, psor, não enche o nosso saco!".

Nos anos 90, um gaiato compôs uma divertida versão de "Another Brick in the Wall" com a letra do "Atirei o Pau no Gato" ("Ei, Chica, deixa o gato em paz..."). Nos dias de hoje, não seria surpreendente uma versão do clássico de Roger Waters que invertesse totalmente os papéis de oprimidos e opressores e cantasse, como um lamento: "Hey, kids, leave the teacher alone!".

2 de julho de 2011

Três filmes sobre professores em apuros:

O Dia da Saia, de Jean-Paul Lilienfeld
Pro Dia Nascer Feliz, de João Jardim
Entre os Muros da Escola, de Laurent Cantet

A ausência que seremos

De vez em quando, me pego pensando em alguma coisa que esqueci de perguntar para os meus pais quando eles ainda estavam vivos. Um detalhe da juventude deles que me escapou, alguma memória de infância que eu nunca cheguei a conferir se batia com a lembrança que eles tinham, um ou outro episódio histórico que poderia ganhar novos contornos a partir da leitura doméstica do que estava acontecendo na esquina de casa ou do outro lado do mundo. Tive uma convivência intensa e relativamente longa com meus pais, já era adulta quando eles morreram, mas o fato é que sempre me ocorre alguma conversa que ficou pela metade ou nem sequer aconteceu – e imagino que deva ser assim sempre, pouco importando o tempo que passa ou a maturidade de quem fica. Perder os pais é como extraviar uma pasta com documentos importantes: chega uma hora em que nossa própria história parece um livro com páginas faltando.

Se o fim da vida dos nossos pais leva embora trechos da nossa própria narrativa, também é verdade que a história deles ganha sobrevida e permanência através da nossa memória e das histórias que contamos sobre eles.

São tantos os livros que usam a figura do pai ou da mãe do autor como ponto de partida que formam quase um gênero literário. Há textos que nascem da necessidade de acertar as contas com o passado. É o caso da *Carta ao Pai*, de Kafka, que nem sequer era para ser publicado, tão íntimo e pessoal é seu conteúdo, mas tornou-se um dos mais tocantes registros da falta de comunicação entre pai e filho já escrito.

Há autores, porém, que retratam os pais com a delicadeza de um artista talhando sua obra-prima (criador e criatura invertendo aqui a ordem geral das coisas). Lembro do pai retratado por Carlos Heitor Cony em *Quase Memória*, tão humanamente imperfeito e amorosamente descrito, e da Sra. Ramsay, de *Rumo ao Farol*, inspirada na mãe de Virginia Woolf, tão viva e vibrante que sempre parece pronta a saltar das páginas do romance para nos convidar para um chá.

O pai do escritor Héctor Abad foi assassinado por paramilitares, na Colômbia, em 1987. Médico e defensor dos direitos humanos, o doutor Abad Gómez era um homem generoso e de convicções fortes. Contando a história do pai e das circunstâncias de sua morte, o escritor colombiano produziu um relato pessoal e político ao mesmo tempo.

Escrever foi uma forma de expiar a dor e a indignação (até hoje não se sabe quem foi o mandante do crime), mas também uma maneira de manter o pai vivo – para sempre – nas páginas de um livro. (E aqueles de nós que não escrevem romances passam histórias adiante de uma geração para outra – o que não deixa der ser uma forma de vida eterna.)

No dia em que foi morto, o pai do escritor levava no bolso um poema com as iniciais J.L.B., atribuído então a Jorge Luis Borges, intitulado "Epitáfio". No soneto, está o verso que inspirou o título do livro de Héctor Abad (o mesmo desta crônica) – um dos mais bonitos, e tristes, que eu já ouvi: "Já somos a ausência que seremos".

9 de julho de 2011

Três livros de filhos sobre os pais:

Carta ao Pai, de Franz Kafka
Quase Memória, de Carlos Heitor Cony
A Ausência que Seremos, de Héctor Abad

O fantasma

A forma como reagimos à notícia de uma doença, a nossa ou a dos outros, diz muito sobre quem somos, mas talvez mais ainda sobre o que nem sabemos que somos. A doença, em certo sentido, é a corporificação de um fantasma – e cada um reage à visita de uma assombração não apenas do jeito que sabe, mas do jeito que pode.

Quando o fantasma aparece diante de nós, o susto é tão grande, que pode abalar tudo que achávamos que sabíamos sobre nossa personalidade.

Quando aparece para os outros, podemos ser solidários ou indiferentes, cínicos ou compreensivos, e tudo isso vai depender tanto da nossa relação com o doente ou seus familiares quanto da nossa capacidade de sentir empatia pelo outro em abstrato.

As mensagens raivosas dos que usaram a doença de Lula como pretexto para extravasar opiniões políticas chocam não apenas porque barateiam o sofrimento de uma pessoa, mas porque banalizam uma dor que não é só a daquele doente específico, por acaso uma personalidade pública, mas de todos os que já tiveram um caso parecido na família – ou apenas compartilham o medo, mais do que concreto, de passar por esse drama.

Nada é mais universal do que o medo da morte, e nenhuma doença dá mais medo do que o câncer. Suas manifestações em diferentes partes do corpo, suas causas misteriosas, sua relação com estilo de vida, estado de ânimo, prazeres culpados, tudo contribui para essa aura maldita que a ciência mal e mal vem dando conta de esclarecer.

Nos últimos anos, muitas celebridades têm vindo a público falar da doença e expor o tratamento. O valor desses depoimentos é imenso, principalmente em um país como o Brasil, onde o sofrimento da doença é agravado pela precariedade da saúde pública e pela falta de informação.

Mas um efeito colateral visível da cultura do compartilhamento é essa sensação generalizada de que todo mundo em volta tem ou já teve câncer: não apenas amigos próximos e conhecidos, mas também atores famosos, políticos, escritores...

Há, sim, uma epidemia em curso, mas de hipocondria – um mal-estar generalizado causado por essa sensação de que estamos todos sob o constante ataque de inimigos invisíveis, comendo, bebendo e respirando substâncias silenciosamente assassinas.

Claro que já havia hipocondríacos mesmo em épocas em que as doenças eram menos compartilhadas. Alguns dos mais geniais deles foram reunidos no delicioso livro *Os Hipocondríacos: Vidas Atormentadas*, de Brian Dillon. Marcel Proust, Charles Darwin e Michael Jackson, entre outros, tinham em comum, além do talento, a suspeita permanente de que suas vidas estavam em risco, traço que apareceu, em menor ou maior intensidade, em suas obras.

O que o livro sugere como reflexão para nossa época tão alarmada com tudo é que o medo permanente costuma provar-se muito mais letal do que as doenças, reais e imaginárias, que assombram nossa imaginação mesmo antes de atingir o nosso corpo.

5 de novembro de 2011

> **Três livros sobre a proximidade da morte:**
>
> Os hipocondríacos: Vidas Atormentadas, de Brian Dillon
> Vésperas, de Adriana Lunardi
> Descanse em Paz: Histórias sobre os Últimos Dias de Poe, Dickinson, Twain, James e Hemingway, de Joyce Carol Oates

O ego do escritor

Em uma das atividades da Jornada Literária de Passo Fundo deste ano, o escritor português Gonçalo Tavares, um dos grandes autores contemporâneos do nosso idioma (premiado esta semana com o segundo lugar no prestigiado Portugal Telecom, pelo livro *Uma Viagem à Índia*), foi convidado a falar na Praça de Alimentação do centro de convivência da Universidade de Passo Fundo (UPF). Era um fim de tarde, e as mesas estavam lotadas de estudantes aparentemente com mais fome de lanche do que de literatura. Acostumado a plateias reverentes e silenciosas, o escritor foi acolhido com aquela espécie de desinteresse ruidoso com o qual cantores de churrascaria e professores de Ensino Médio estão tragicamente acostumados.

Ao cabo do tempo protocolar, Gonçalo despediu-se gentilmente dos poucos que ainda prestavam atenção. Lamentou a escolha inadequada do local para aquele tipo de conversa, mas reconheceu que o inesperado choque de indiferença teve lá sua serventia: "É bom para diminuir o ego".

Na psicanálise freudiana, o ego é a nossa cidadela, a fortaleza de mecanismos de defesa que nos protege da angústia e do caos do inconsciente. Na linguagem cotidiana, o termo ego costuma ser usado para designar a nossa autoimagem.

Podemos ter o ego "lá em cima" ou "lá embaixo", dependendo da opinião que temos de nós mesmos e de como somos vistos pelos outros.

O sujeito pode estar com o ego tão lá embaixo, que força a barra para parecer que não. Ou o contrário: sentir-se tão acima de tudo, que se obriga a afetar certa humildade. Neste jogo aparentemente simples, e até um pouco tolo, gastamos boa parte da nossa energia social, tentando não apenas decifrar as mensagens ocultas no comportamento alheio, mas sofisticando nossa própria mise-en-scène de forma a tornar o espetáculo da nossa existência minimamente atraente para quem nos assiste.

O problema é que a percepção do nosso desempenho é fortemente influenciada pela reação da plateia, como notou Gonçalo Tavares na UPF. Um público interessado faz a gente se sentir importante, bacana, cheio da razão. Um interlocutor distraído ou hostil nos joga na vala da insegurança – ali onde o que falamos e pensamos já não nos parece tão sensato ou adequado assim. Os adultos gostam de pensar que apenas os adolescentes são assim tão voláteis e submissos à opinião alheia, mas é preciso ser muito imaturo para acreditar na maturidade compacta e inabalável.

Já conheci um bom número de escritores. Muitos deles não são tão interessantes quanto suas obras – o que não chega a ser um problema se o seu plano não é se casar ou tornar-se amigo de infância do seu autor favorito. O que eu nunca encontrei foi um escritor convencido da própria importância que tenha conseguido manter uma obra humanamente rica e literariamente provocante.

Para escrever, é preciso levar o ego para passear na planície de vez em quando, variar a perspectiva e desconfiar da posse de tudo aquilo que parece definitivamente conquistado, inclusive a própria autoimagem. Porque é dessa inquietação íntima que a literatura se alimenta – e a vida interior das pessoas comuns também.

12 de novembro de 2011

Três livros de escritores portugueses:

Um Homem: Klaus Klump, de Gonçalo Tavares
Fazes-me Falta, de Inês Pedrosa
O Evangelho Segundo Jesus Cristo, de José Saramago

Autocontrole

Em um dos trechos mais conhecidos da *Odisseia*, Ulisses, avisado de que estava prestes a velejar por águas assombradas por sereias, não deu chance ao azar: pediu para ser amarrado com correntes ao mastro do navio.

Ulisses era inteligente e estava determinado a voltar para casa, mas o que o ardiloso guerreiro já sabia (e a *Odisseia* trata de nos lembrar) é que inteligência, coragem e boas intenções nem sempre são suficientes para nos livrar da tentação. Às vezes, apenas uma corrente de ferro amarrada ao mastro de um navio é capaz de nos impedir de seguir o impulso de perseguir as sereias até o naufrágio inevitável. E olhe lá.

No livro *Willpower* ("Força de Vontade"), lançado há pouco nos EUA, o psicólogo Roy F. Baumeister investiga um dos traços mais complexos da natureza humana: a capacidade de trocar um prazer imediato por um benefício antevisto no futuro.

Enquanto o animal vai tocando sua vidinha previsível preocupado basicamente em se alimentar e reproduzir, o homem depende de sistemas sociais e culturais para sobreviver. Muito cedo, ele aprende que, se sair roubando a maçã do vizinho ou bolinando todas as moças bonitas que passam na rua, é provável que tenha alguma dificuldade para manter a cabeça atada ao resto do corpo.

O autocontrole, porém, andou meio fora de moda. Se na Inglaterra vitoriana era o último grito, entrou em franco descrédito a partir dos anos 60 do século passado. A assimilação de alguns ideais da contracultura pela sociedade de consumo – se você pode ser o que quiser, vestir o que quiser e transar sempre que tiver vontade, está livre também para comprar tudo que cabe no seu cartão de crédito e talvez um pouquinho mais – ajudou a transformar o autocontrole em um valor tão careta quanto a camisa polo e o abrigo de tactel.

Legal era ser espontâneo, curtir o momento, seguir a intuição – filosofia que o mestre Zeca Pagodinho sintetizou magistralmente no clássico "Deixa a vida me levar/ Vida leva eu".

O que Baumeister tenta demonstrar é que o autocontrole é um traço mais decisivo para o sucesso (não importando o que cada um define como "sucesso") do que a autoestima ou mesmo o talento.

Em certo sentido, o autocontrole é como um músculo: pode ser treinado, desde a infância, para ficar mais forte e "cansa" se usado em demasia (resistir a uma torta de chocolate pode ser mais difícil depois de uma jornada de trabalho de 18 horas, por exemplo), mas é o que nos faz ter disciplina para estudar quando poderíamos estar tomando banho de sol ou investir em um relacionamento à la carte quando poderíamos estar experimentando todos os pratos de um bufê.

Essa revalorização da força de vontade não implica, obviamente, um retorno ao puritanismo ou ao moralismo – autocontrole sem inteligência é apenas repressão. Mas pode, sim, ser um convite à reflexão sobre nossa capacidade de corrigirmos nossa rota, sempre que necessário, para chegarmos – sãos e salvos ou algo parecido – ao destino que nós mesmos escolhemos. Como Ulisses.

19 de novembro de 2011

Três livros de psicanalistas:

O Tempo e o Cão, de Maria Rita Kehl
Terra de Ninguém, de Contardo Calligaris
Fadas no Divã, de Diana e Mário Corso

O coração de beleza

O mais conhecido biógrafo brasileiro costuma dizer que biografado bom é biografado morto: "E não pode ser um morto recente, porque a morte transforma, de saída, qualquer um em santo. Eu diria que 10 anos de morte são o mínimo para que alguém se torne um biografável confiável", ensina Ruy Castro.

Aproveitar o calor dos acontecimentos, porém, pode revelar-se uma mina de ouro. O livro mais vendido pela Amazon em 2011, por exemplo, foi uma biografia lançada menos de um mês depois da morte do personagem. Encomendado pelo próprio Steve Jobs ao biógrafo de Albert Einstein e Benjamin Franklin, o livro de Walter Isaacson não transformou o fundador da Apple exatamente em santo, mas com certeza ressente-se da falta de distanciamento.

Seguindo o raciocínio de Ruy Castro, é possível que o biógrafo mais temerário não seja aquele que aceita a encomenda de um empresário narcisista às portas da morte, mas o que se lança na investigação da vida de um personagem que não apenas ainda está vivo, mas recluso e pouco disposto a colaborar com biógrafos ou com o senso comum.

Foi o que fez o jornalista alemão Marc Fischer, autor de *Ho-ba-la-lá: À Procura de João Gilberto*, lançada este mês no Brasil. Marc Fischer descobriu a música de João Gilberto na casa de amigos, no Japão, em meados dos anos 90. Tornou-se desde então um fã obsessivo e diligente a ponto de decidir encontrar o ídolo pessoalmente – talvez ouvi-lo tocar "Ho-ba-la-lá", sua canção preferida. Acabou escrevendo uma biografia bem pouco convencional, sob medida para um gênio com fama de excêntrico, de quem o mínimo que se diz é que conversa com gatos e uiva para a Lua. Em abril deste ano, Marc Fischer acrescentou mais um lance bizarro às anedotas sobre João Gilberto: uma semana antes de o livro ser lançado na Alemanha, o biógrafo cometeu suicídio. Tinha apenas 40 anos – e se ele conseguiu ou não encontrar João Gilberto você vai ter que ler o livro para descobrir. Biografias de pessoas vivas, mesmo as tão pouco convencionais quanto *Ho-ba-la-lá*, sempre correm o risco de deixar algum episódio decisivo de fora, um fato novo que lança uma nova luz sobre tudo que veio antes. Talvez tenha acontecido isso agora com João Gilberto.

Os ingressos encalhados, a falta de patrocínio e o recente cancelamento da temporada de shows que comemoraria seus 80 anos acrescentaram uma nota dissonante a uma vida já tão mítica que parecia pairar acima de banalidades cotidianas como preços de ingressos e custos de produção. O gênio excêntrico que tornou-se o artista brasileiro mais reverenciado no Exterior, o enigma que de tempos em tempos algum jornalista ou escritor estrangeiro decide decifrar simplesmente não encontrou no Brasil plateias e patrocinadores dispostos a pagar o preço que ele pedia para voltar aos palcos.

Marc Fischer diz em seu livro que João é o coração da Bossa Nova, e que a Bossa Nova "é o coração da beleza". Se tivesse vivido até o final de 2011, o autor talvez se surpreendesse ao descobrir com que facilidade o Brasil aceitou se desencontrar da beleza – enquanto tantas pessoas seriam capazes de atravessar o mundo para chegar perto dela ao menos uma vez.

17 de dezembro de 2011

Três biografias de músicos:

Noel Rosa: Uma Biografia, de Carlos Didier e João Máximo
Vale Tudo: O Som e a Fúria de Tim Maia, de Nelson Motta
Cole Porter: Uma Biografia, de Charles Schwartz

Gostos inconfessáveis

Rosana cantando "O Amor e o Poder" como se o mundo fosse acabar amanhã. Um jingle da Pepsi dos anos 80 ("busque sempre mais, deixe o resto pra trás e tudo que quiser você vai ter"...). Leandro e Leonardo pedindo encarecidamente que eu pensasse/ligasse para eles e não pensasse/ligasse pros outros. Whitney Houston esticando os agudos até o limite da dignidade no refrão de "I Will Always Love You". Esses são alguns dos meus "gostos inconfessáveis" – ou eram, até eu confessá-los aqui. Todo mundo sabe do que se trata. O gosto inconfessável é aquele que trilha um caminho alternativo na nossa afeição, conquistando espaço em território estrangeiro.

O chamado "gosto" nasce de um processo de formação de repertório. Aprendemos a ver, a escutar e a ler na medida em que somos expostos a variadas e múltiplas experiências. Com o tempo, esse aprendizado mezzo racional, mezzo sensível vai se consolidando naquilo que acreditamos ser o nosso gosto, as nossas preferências – que acabam tão profundamente ligadas a nossa identidade que muitas vezes temos a sensação de que já nascemos com elas.

Há casos, porém, em que o gosto pode ser tão incoerente quanto uma paixão. Racionalmente, percebemos quando um filme está usando golpes baixos para nos fazer chorar ou quando uma música apela para uma fórmula de sucesso fácil para emplacar no gosto do ouvinte médio, mas o fato é que até mesmo uma obra de segunda linha é capaz de fazer vibrar uma corda qualquer em nossa sensibilidade a ponto de nos comover ou fascinar.

    Como aquele personagem de Proust que fez loucuras por uma mulher para mais tarde admitir que ela nem sequer fazia seu tipo, também somos capazes de chorar ouvindo uma música tola ou assistindo a um filme previsível sem sequer entendermos por quê. O gosto inconfessável é uma espécie de penetra na festa dos nossos afetos. Não era para ele estar ali, mas está. Alguns mandam sentar e servem uma bebida – outros preferem escondê-lo no armário para desfrutá-lo solitariamente.

    Ouvindo "I Will Always Love You" à exaustão nos últimos dias – um gosto confesso de milhares de fãs, mas um gosto inconfessável meu e quem sabe de outros não fãs – me ocorreu que a instituição do "gosto inconfessável" talvez tenha ficado anacrônica. A começar pelo fato de que poucas coisas, hoje, permanecem inconfessáveis – não há gosto, mania ou preferência que resista à tentação do compartilhamento.

    Além disso, o "gosto inconfessável" só se sustenta quando admitimos alguma espécie de cânone, um repertório que não adquirimos sem algum esforço e que exige uma certa reverência ao passado – tese que vem cada vez mais perdendo popularidade.

18 de fevereiro de 2012

Três paixões confessáveis:

Regina Spektor
Nina Simone
Monica Salmaso

Lições de casa

Como a maioria das mães, tento passar para a minha filha, da maneira menos aborrecida e solene possível, uma espécie de versão pocket de tudo que aprendi ao longo da vida – da receita do arroz perfeito ao sentido mais profundo de ser e estar no mundo.

Não de uma vez só, para não enlouquecer a menina, mas sempre e continuadamente (o que, pensando bem, pode ser um pouco enlouquecedor também...), como se fosse um folhetim em muitos capítulos sobre assuntos tão inabarcáveis quanto o amor e a amizade ou tão prosaicos quanto um palpite qualquer sobre um conflito na escola.

A fantasia nem tão secreta dos pais é a de que nossa experiência pessoal acumulada, passada adiante em versão editada e copidescada, possa funcionar como uma espécie de manual do novo proprietário: "Vida, Modo de Usar (não ligue sem ler as instruções!)".

Como eu também já fui filha, sei bem o quanto esse tipo de conversa de fundo "edificante" pode na hora soar inadequado, extemporâneo ou simplesmente equivocado, mas o que vale, quando a gente é pai ou mãe, é a aposta no efeito repescagem: à luz de novas e mais complexas experiências, até o comentário aparentemente tolo pode ganhar um novo significado e vir a fazer alguma diferença na vida dos filhos.

Nem tudo o que a gente diz ou pensa vai ser de alguma serventia para eles, mas talvez seja preferível errar pelo excesso do que pela falta.

Educar uma criança inclui transmitir todo um repertório de lições obrigatórias. Há as regras normativas, do tipo certo e errado, que servem como sinais no trânsito da civilização: pare, não ultrapasse. Há as regras de convivência, para que viver em grupo, ou aos pares, seja não apenas viável, mas suave sempre que possível. Há as regras práticas, que protegem contra dedos na tomada, resfriados e arroz empapado.

De resto, o que existe são as variações pessoais, o toque autoral de cada família – uma imensa área livre para o improviso, onde um pedaço qualquer de nós, nosso gosto por viagens ou passeios de bicicleta, pode permanecer para além da nossa própria existência. Ou assim a gente gostaria.

É nesse cantinho das paixões transmitidas de uma geração para a outra que eventualmente se encaixa o interesse pela arte. Filhos de pais que gostam de ler, de ir ao cinema, de ouvir música podem imaginar que a insistência dos pais em torná-los leitores e espectadores qualificados tem a ver com algum tipo de objetivo prático, como arranjar um bom emprego ou ser bem-visto pelos outros, mas na verdade não é nada disso – ou não é apenas isso.

Descobrir a literatura ou o cinema pode não servir para nada mais além de cultivar o espírito e deslumbrar. Mas é exatamente essa capacidade de deslumbramento – sem nenhuma utilidade prática, mas essencial – que muitos pais gostariam de oferecer aos filhos como herança, como um tesouro secreto a ser descoberto no devido tempo.

Por tudo isso, *A Invenção de Hugo Cabret*, do diretor Martin Scorsese, é o meu favorito neste Oscar. Um filme feito por um senhor de 70 anos, pai de uma menina de 12, a quem ele parece mandar um recado simples, mas precioso: repare bem nas maravilhas que a imaginação pode fazer por você. Uma lição para os olhos e para o coração – para pais e filhos de todas as idades.

25 de fevereiro de 2012

Três filmes sobre crianças:

A Invenção de Hugo Cabret, de Martin Scorsese
Os Incompreendidos, de François Truffaut
Cría Cuervos, de Carlos Saura

Famoso quem?

Quem é a pessoa mais famosa do mundo? Digite isso no Google, e as respostas serão tão insólitas quanto divertidas: "Jesus, Bento XVI e Britney Spears", "Deus, Michael Jackson, Beatles e Madonna", "Oprah, Obama e Lady Gaga".

Famoso pra quem, cara-pálida?, seria a resposta mais adequada. A maior surpresa da cerimônia de entrega do Grammy deste ano não foram os muitos prêmios de Adele (conhece?), mas a multidão de internautas que durante a festa perguntava nas redes sociais quem era, afinal, aquele coroa sorridente que estava sendo homenageado no palco.

Ter feito parte da maior banda de rock do mundo e estar na ativa há mais de 50 anos queria dizer abacate para os fãs de Rihanna e Lady Gaga: Paul McCartney levou um sonoro e virtual "famoso quem?".

Esta semana, aconteceu um fenômeno parecido aqui no Brasil nas horas que se seguiram à morte de Millôr Fernandes. Enquanto boa parte dos adultos letrados lamentava a perda de um dos pensadores mais lúcidos do Brasil, uma multidão de inocentes perguntava-se quem, diabos, era aquele sujeito bom de trocadilhos que andavam citando tanto no Twitter.

A movimentação foi tamanha, que um gaiato decidiu criar o blog quememillorfernandes.tumblr.com, reunindo

manifestações do tipo: "Vei... Eu nem sabia quem era Millôr Fernandes, daí essa pessoa morre e vira gênio do nada!".
Nossa primeira reação diante da ignorância alheia (principalmente com relação aos nossos ídolos) é amaldiçoar a estupidez humana e a corrupção dos tempos. Menos. Atire a primeira lápide quem nunca foi surpreendido pela consternação em torno da morte de um "famoso quem?".
Todo mundo tem buracos negros em sua cultura geral – e quem acha que não tem provavelmente está mal informado. ("Não é que com a idade você aprenda muitas coisas; mas você aprende a ocultar melhor o que ignora", escreveu o próprio Millôr, mestre na arte de não se levar muito a sério.)
Diante de um fato que ilumina nossa vasta e espessa ignorância, temos duas atitudes possíveis: desprezar a nova informação (se eu não sei e os meus amigos não sabem, não faço muita questão de saber) ou procurar entender do que estão falando. Na era da superabundância de informação, porém, eleger prioridades tem se tornado cada vez mais difícil: cultura pop e cultura erudita, diversão e notícias, presente e passado, muitas vozes disputam nosso tempo e nossa atenção.
O sujeito que se orgulha de nunca ter ouvido falar de Millôr ou Paul McCartney pode desprezar quem é leigo em Bruno Mars ou Angry Birds ("Em que mundo você vive, macróbio alienado?"). Tanta informação disponível pode ser encarada com arrogância, por quem se convence de que já sabe tudo o que precisa saber, ou com angústia, por quem é permanentemente assolado pela sensação de que está perdendo alguma coisa.
Quem nunca ouviu falar de Millôr Fernandes pode ser digno tanto de pena quanto de inveja. Pena se perder a

chance de dar-se ao trabalho (e ao prazer) de descobrir por que tanta gente gostava dele. Inveja porque só quem não o conhecia pode desfrutar o prazer irrepetível de ler Millôr pela primeira vez.

31 de março de 2012

Três livros do Millôr:

Millôr Definitivo: A Bíblia do Caos
The Cow Went to the Swamp ou a Vaca Foi pro Brejo
É...

Cair do cavalo

Todo mundo um dia cai do cavalo, alguns literalmente inclusive. Cair do cavalo é perder o equilíbrio e o movimento ao mesmo tempo. É bater com toda a força no chão e em seguida ficar prostrado, incapaz de planejar o próximo movimento. Cair do cavalo dói não apenas pelo impacto em si, mas porque nos arranca do conforto da rotina. Paranoicos, hipocondríacos, precavidos, todo mundo cai do cavalo do mesmo jeito, ou seja, sem aviso prévio. E ninguém consegue evitar a perplexidade e a indignação ao verificar, na própria pele, um dos fatos mais banais da existência: coisas dão errado.

Se as tijoladas do destino são mais a regra do que a exceção, deveríamos estar mais preparados para lidar com doenças, separações, mortes, problemas de dinheiro, frustrações em geral – mas o fato é que nunca estamos. Somos comovedoramente ingênuos e distraídos, pelo menos até o primeiro grande tombo.

De volta à terra firme, quando já não há dúvida de que, enfim, sobrevivemos, cada pessoa elabora o sofrimento da forma que pode e sabe. Alguns naufragam na autopiedade, outros veem suas forças exauridas pelo próprio esforço de enfrentar a tormenta. Muitos sentem a necessidade de extrair sentido do sofrimento, atribuindo algum propósito à experiência e propondo a si mesmos uma espécie de jogo do (des)contente: sofri, mas aprendi. (Foi o caso, por exemplo, de Reynaldo Gianecchini, que em todas as entrevistas depois do fim do tratamento do câncer fez questão de falar sobre o lado transcendente da doença.) Há aqueles, porém, em que o sofrimento apenas acentua traços de personalidade que já existiam: o egoísta torna-se intratável, o tímido recolhe-se ainda mais, o extrovertido abusa da grandiloquência. (Lula, na primeira grande entrevista depois do fim do tratamento, falou da doença com a mesma ênfase barroca que usa para florear todos os assuntos, da economia internacional às derrotas do Corinthians: "Se eu perdesse a voz, estaria morto" ou "Estava recebendo uma Hiroshima dentro de mim".)

O ensaísta francês Michel de Montaigne (1533-1592) também caiu do cavalo – concreta e metaforicamente – e essa experiência foi determinante para tudo o que ele viria a produzir depois. A tese é apresentada na deliciosa biografia do filósofo lançada há pouco no Brasil: *Como Viver: Uma Biografia em uma Pergunta e Vinte Tentativas de Respostas*, da escritora inglesa Sarah Bakewell. O acidente quase fatal, sustenta a autora, ajudou Montaigne a desencanar das preocupações com o futuro e prestar mais atenção no presente e nele mesmo. Seus magníficos *Ensaios*, escritos nos 20 anos seguintes ao acidente, nada mais são do que a tentativa de ficar alerta às próprias sensações e experiências e buscar a paz de espírito – o "como viver" do título.

Para Montaigne, a vida é aquilo que acontece quando estamos fazendo outros planos, e nossa atenção tem que estar o tempo todo sendo reorientada para onde ela deveria estar: aqui e agora. Cair do cavalo pode ser inevitável, mas prestar atenção na paisagem é o que faz o passeio valer a pena.

7 de abril de 2012

> **Três biografias de escritores:**
>
> *Como viver*, de Sarah Bakewell (sobre Montaigne)
> *Borges, uma Vida*, de Edwin Williamson (sobre Jorge Luis Borges)
> *Virginia Woolf, uma Biografia*, de Quentin Bell

Gabrielas e Malvinas

A primeira Gabriela da televisão tinha a pele bem branquinha, olhos claros e coxas de vedete do teatro rebolado (não por acaso, a ocupação principal da moça no momento em que foi escalada para o papel). Janete Vollu foi a estrela da primeira adaptação do romance de Jorge Amado – exibida pela TV Tupi em 1961, no auge do sucesso do livro, best-seller instantâneo em um Brasil ainda maciçamente analfabeto.

No comecinho dos anos 60, a incipiente televisão brasileira ainda não estava preparada para uma Gabriela mestiça e sexualmente livre como a que é descrita no livro. Se a imagem de uma protagonista morena, quase mulata, não parecia apropriada para os padrões estéticos vigentes, muito menos a sensualidade exuberante da personagem podia ser apresentada ao público da época sem ser atenuada pelo filtro do julgamento moral.

Foi preciso acontecer Maio de 68, Woodstock e o Tropicalismo para que a personagem encontrasse a sua mais completa tradução. Em 1975, a Gabriela que varreu do mapa a memória de Janete Vollu (e complicou a vida das futuras candidatas ao papel) fez sua estreia na tevê brasileira com toda a força de uma história que tinha finalmente encontrado o ambiente ideal para ser contada.

A trama se passa nos anos 20, o livro é do final dos anos 50, mas só nos anos 70 Gabriela pôde ser retratada não como a mulher amoral (e branquela) da primeira versão da tevê, mas como a mestiça brejeira que gostava de sexo e da liberdade de poder escolher com quem se deitava.

O romance, aliás, é povoado por mulheres que buscam, de alguma forma, romper com o que é esperado delas. Gabriela não quer ser transformada em uma senhora bem--comportada que usa chapéu e sapatos apertados.

Malvina, a segunda grande personagem feminina do livro, exige o direito de ter opinião e dirigir a própria vida. A beata Sinhazinha, que trai o marido, dá-se o direito de ter prazer – e acaba tendo o mesmo final trágico ainda tristemente banal no Brasil de hoje. Já às meninas do Bataclan cabe escancarar a hipocrisia e a moral literalmente de cuecas do arranjo patriarcal.

E o que se poderia dizer sobre a Gabriela de 2012? Antes de mais nada, que é uma mulher do seu tempo e não apenas da época em que se passa o romance – como, em geral, todas as personagens literárias levadas ao cinema ou à televisão. Se a Gabriela de Sonia Braga exibia sem pudor uma vasta cabeleira sob as mimosas axilas, a Gabriela de Juliana Paes é depilada a laser, bronzeada a jato e sorri com dentes quimicamente branqueados. Onde Sonia Braga insinuava, Juliana Paes mostra e faz.

O fato é que cada época tem a Gabriela que melhor a representa – assim como cada geração engendra novas causas para suas "Malvinas". Se Jorge Amado ainda estivesse vivo, é provável que o velho comunista colocasse de lado as broncas com o grande império do Norte para elogiar o discurso da secretária de Estado americana Hillary Clinton no encerramento da Rio+20: "Devemos dar às mulheres o direito de tomar decisões sobre se e quando querem ter filhos".

25 de junho de 2012

> **Três livros que foram bem adaptados para a TV:**
>
> *Grande Sertão: Veredas*, de Guimarães Rosa (pelo diretor Walter Avancini)
>
> *Os Maias*, de Eça de Queiroz (pelo diretor Luiz Fernando Carvalho)
>
> *Primo Basílio*, de Eça de Queiroz (pelo diretor Daniel Filho)

Não tem nada ali

Insondáveis são os caminhos que separam os autores que vendem muito daqueles melancolicamente encalhados na prateleira solitária do ostracismo. Quem explica por que uma história tola e pobremente narrada conquista milhões de fãs ao redor do planeta enquanto outra, igualmente tosca, mofa à espera de um leitor? Neste exato instante, um editor azarado está recusando um original que garantiria os lucros da sua empresa pelos próximos 15 anos. Essa é a angústia permanente de quem abraça um negócio em que experiência e intuição nem sempre são suficientes para antecipar para que lado vai correr a manada antes que a porteira seja aberta, e os bois comecem a correr todos na mesma direção.

O clube dos autores milionários é tão exclusivo quanto inconstante. Um dia você está lá no topo, vendendo livros como água no deserto. No outro, é uma nota de rodapé na história dos autores arquivados no baú sem fundo da irrelevância literária.

Quem ainda lê Harold Robbins, J. M. Simmel ou Sidney Sheldon? Pegue o senhor James Patterson, por exemplo, confortavelmente instalado esta semana no topo da lista da Forbes dos autores que mais ganharam dinheiro no ano passado – inacreditáveis US$ 94 milhões, amealhados com as vendas de ainda mais incríveis 14 livros inéditos lançados no período de apenas um ano. O que o futuro reserva para um autor capaz de escrever livros no ritmo de quem atualiza o Facebook? Façam suas apostas.

Em um depoimento que teve repercussão internacional esta semana, Paulo Coelho atacou o escritor James Joyce por ser "difícil" e celebrou a própria obra por ser "fácil". Ao contrário do que ele pensa, os autores não são divididos entre "fáceis" e "difíceis" e nem mesmo entre "bons" e "ruins". A forma como um livro se comunica com os leitores depende muito mais da qualidade do leitor (o que ele já leu e o quanto está disposto a se esforçar para alcançar um autor que exige um bom repertório de leituras anteriores) do que do livro em si – e o que é obra-prima para uma geração pode muito bem ser uma xaropice para a seguinte.

"Não tem nada ali", disse Paulo Coelho, a respeito de *Ulisses*, um livro que há 90 anos motiva leitores de todas as partes do mundo a procurarem na literatura não uma variação comportada do que já é conhecido, mas a provocação, a inquietude, o desafio.

Alçado ao clube dos autores milionários pela sua inegável capacidade de se comunicar com seus leitores, Paulo Coelho, mais uma vez, disse o que muita gente queria ouvir. "Não tem nada ali" é o slogan perfeito para a mediocridade arrogante de uma época que olha com desconfiança para tudo que exige esforço – e considera a erudição uma espécie de ameaça invisível a ser combatida com doses maciças de reality shows, humor pastelão e livros açucarados.

"Não tem nada ali" não diz muito sobre Joyce, mas diz tudo sobre Paulo Coelho.

11 de agosto de 2012

Três best-sellers brasileiros:

Comédias da Vida Privada, de Luis Fernando Verissimo
Chega de Saudade, de Ruy Castro
Chatô: O Rei do Brasil, de Fernando Morais

...E tudo mais

Viva o biquíni

Às vésperas da festa nacional dos corpos sarados, um dos assuntos desta semana, vejam só, foi o direito de usar biquíni GG. A pequena polêmica de verão começou com uma ideia de mau gosto e cresceu ao longo dos últimos dias com comentários em blogs e sites de variedades. O ponto de partida foi a capa de uma revista de fofocas que estampava duas fotos de praia. De um lado, a cantora Preta Gil, baixinha, gordinha, mãe de um garoto. Do outro a apresentadora Sabrina Sato, sem filhos, malhada e turbinada. A intenção, não exatamente sutil, era explicitada com dois carimbos: "não vou" e "vou", respectivamente.

Quando olhei a capa da revista, lembrei de um episódio curioso que aconteceu comigo há alguns anos. Estava atravessando a rua meio distraída, ou apressada, ou os dois, e por pouco não fui atropelada. O motorista se assustou – e como voltar e me atropelar direito talvez causasse alguns problemas, preferiu uma vingança mais ardilosa. Colocou a cabeça para fora da janela e gritou, para toda a rua ouvir: "Além de cega é feia!".

Como Preta Gil – e a grande maioria das mulheres – mantenho com minha autoestima uma relação de altos, baixos e médios. Isso significa acordar um dia ou outro sentindo-se um desastre, noutros simplesmente opaca e, de vez em quando – ainda bem – linda e colocada. Mas ouvir um anônimo bobalhão me chamando de feia no meio da rua teve exatamente o efeito planejado. Fiquei chocada, paralisada, a um passo de chorar como uma menina que perdeu a boneca. Tudo isso por mais ou menos 30 segundos – o tempo de juntar a autoestima do chão e terminar de atravessar a rua.

 Moral da história: é muito fácil atingir a autoestima de uma mulher a respeito de sua aparência. Tão fácil que beira a covardia. Isso porque todas as críticas sobre forma, tamanho e embalagem que possam ser feitas passam antes pela nossa cabeça, sem que ninguém precise gritar impropérios no meio da rua. Minha reação ao ver a capa da revista, portanto, foi de imediata empatia com a mulher comum, a moça sem corpo malhado que vai à praia de biquíni e estende sua esteira ao lado de uma menina de corpo perfeito sem necessariamente sentir-se inferior. Porque fazer isso é sempre uma vitória – diante das próprias inseguranças, antes de mais nada, mas também diante de convenções que parecem verdade absoluta quando são apenas determinações culturais. Cultura é o caldo em que estamos mergulhados sem nem nos darmos conta, é o que nos induz a tomar decisões que nos parecem obrigatórias – até que alguém comece a fazer diferente.

 Por estranho que pareça, ir ou não à praia de biquíni nem sempre é uma decisão individual, que se toma em casa calmamente diante do espelho. Uma jovem mulher dos anos 70 tinha uma relação com o corpo, nós temos outra. Europeias, japonesas, americanas encaram a beleza – e a ausência de – de formas diferentes. Ou seja: a época e o lugar contam mais do que os quilos extras na hora de decidir o que queremos ou não usar na praia.

 Preta Gil pode não ser padrão de beleza em nenhuma praia do mundo nos dias de hoje, mas ter ou não ter liberdade para exibir um corpo imperfeito é, sim, cultural e portanto questionável.

    Talvez o biquíni da Preta Gil seja uma bandeira de liberdade, como foi a sunga de crochê do Fernando Gabeira ou o barrigão de fora de Leila Diniz. Mudanças de costumes acontecem o tempo todo, e em todos lugares – inclusive na praia. Longa vida ao biquíni GG.

2 de fevereiro de 2008

Vira-casacas

No final do ano passado, no auge da campanha pela aprovação da emenda que prorrogaria a cobrança da CPMF, o presidente Lula apelou para Raul Seixas na hora de explicar por que tinha uma opinião sobre o imposto quando estava na oposição e outra no governo: "Prefiro ser uma metamorfose ambulante". Se não tivesse morrido em 1989, ano em que Lula concorreu pela primeira vez à presidência da República, Raulzito ia adorar essa pequena ironia do destino. Com versos que propõem um desbundado anarquismo à brasileira, "Metamorfose Ambulante" é também uma grande pegação no pé da dureza de cintura da esquerda clássica: "Quero dizer/ Agora o oposto do que eu disse antes/ Eu prefiro ser/ Essa metamorfose ambulante/ Do que ter aquela velha opinião formada sobre tudo". Se existem músicas "antípodas", "Metamorfose Ambulante" talvez faça parzinho com "Opinião": "Podem me prender/ Podem me bater/ Podem até deixar-me sem comer/ Que eu não mudo de opinião", canção de Zé Keti que deu nome ao musical que se tornou símbolo de protesto contra o golpe de 64.

Assumir uma mudança de ideia é um gesto que não costuma ser muito bem visto, principalmente no mundo da política – onde as refletidas correções de rota e o puro e simples oportunismo muitas vezes se confundem aos olhos da opinião pública. No futebol, então, nem se fala: o vira-casaca é perseguido com mais fúria do que as feiticeiras no tempo da inquisição. Mas morrer abraçado a todas as suas convicções, da marca de pasta de dente à inclinação ideológica, também pode ser um mau sinal, um grave sintoma de inflexibilidade e, no limite, até de burrice. Talvez mais valiosa que uma "resolução" de fim de ano seja uma "revisão" periódica das certezas absolutas. É mais ou menos isso o que propôs o site Edge (www.edge.org), mantido por uma fundação que reúne cientistas, escritores e pensadores do mundo todo em uma espécie de clube informal de reflexão sobre assuntos contemporâneos. Todos os anos, desde 1998, o site lança uma pergunta para os seus "sócios", entre eles o escritor Ian McEwan e o cientista Richard Dawkins, e os artigos-respostas são reunidos em livros (no site você encontra os volumes com as respostas dos anos anteriores, "Qual a sua ideia potencialmente perigosa?", de 2006, e "Sobre o que você ainda é otimista?", de 2007). A pergunta de 2008 é a seguinte: "Sobre o que você mudou de ideia recentemente?". Com um complemento provocador: "Quando Deus faz você mudar de ideia, isso é fé. Quando os fatos fazem você mudar de ideia, isso é ciência. Quando a reflexão faz você mudar de ideia, isso é filosofia".

No texto em que fala sobre a sua "mudança de ideia", o biólogo Richard Dawkins (autor do best-seller *Deus, um Delírio*) afirma que, ao contrário dos políticos e dos torcedores, cientistas ganham pontos quando viram a casaca com alguma frequência. Se um cientista não consegue lembrar de nenhum tópico importante sobre o qual mudou de opinião ao longo da carreira, é provável que seus colegas o vejam como um cabeça-dura – regra que provavelmente vale para todas as profissões e também para a vida cotidiana.

Então, sobre o que você mudou de ideia recentemente?

10 de maio de 2008

Quadro-negro

Todo mundo já ouviu – do pai, da mãe ou de ambos – um "quando eu tinha a tua idade não era assim". Essa é uma daquelas frases que agente passa a adolescência inteira escutando – convictos de que, esclarecidos como somos, jamais vamos passá-la adiante para a geração seguinte. Até que um dia, em uma discussão boba com o filho sobre lavar ou não a louça, ganhar ou não o último modelo de videogame, você é surpreendido pelo som da própria voz dizendo uma frase que obviamente foi implantada no seu cérebro por forças muito mais poderosas do que suas convicções de adolescência: "Quando eu tinha a tua idade...".

Pai trocando fraldas, mãe pagando as contas, filho morando em casa até os 30 anos e achando ótimo, casais gays adotando crianças, tudo isso transformou e continua transformando os arranjos familiares tradicionais. Mas existe alguma coisa na relação de pais e filhos que, em essência, mudou pouco ou quase nada. Continua havendo o período do amor incondicional, o momento da ruptura e, com sorte, o retorno ao entendimento mútuo na maturidade. Até mesmo acusar seu filho pelo crime de não ser exatamente como você era na idade dele (queixa que traz implícita a confissão de que você não foi um pai exatamente como o seu, para o bem e para o mal) parece fazer parte de um script tão antigo quanto inescapável. *E la nave va.*

Meu palpite é que as maiores vítimas do ocaso do patriarcado não foram os pais, mas os professores. Muito mais do que na família, é na sala de aula que o modelo de hierarquia que sustentava boa parte do processo de aprendizagem tradicional parece ter ido para o espaço. Dentro de casa, pais e filhos tendem a concordar que o ideal para a convivência – e a sobrevivência – é encontrar um meio-termo entre a família de antigamente, que proibia tudo, e a ausência total de limites. Na sala de aula, em muitos casos, saiu-se da palmatória para o vácuo total de autoridade. O modelo *O Ateneu* de ensino – alunos massacrados por professores tiranos que espancavam com a régua quem errava a tabuada – tornou-se tão anacrônico quanto as polainas. E não podia ser diferente. O problema é que o oposto desse modelo, o não reconhecimento da autoridade do professor, virou lugar-comum no Brasil, tanto na escola pública quanto na particular – onde o aluno aprendeu a ver o educador como um prestador de serviços, um funcionário que pode ser confrontado inclusive quando faz corretamente seu trabalho, reprovando e cobrando desempenho.

Uma notícia publicada na semana passada ilustra o ponto a que chegou esse clima de enfrentamento em sala de aula. Uma universitária de Brasília foi condenada a pagar R$ 5 mil de indenização por danos morais a um professor por tê-lo xingado e ameaçado fisicamente.

Depois de ter sido pega colando e ter a prova recolhida, a universitária deu uma aula de falta de civilidade para o professor e os colegas: "Ela me chamou de babaca, moleque e usou até palavrão. Disse que iria me bater na saída da aula", contou o professor estarrecido.

Um professor ameaçado fisicamente pode chamar a polícia ou abrir um processo, como fez esse professor de Direito. Mas os pequenos desrespeitos cotidianos – já ouvi histórias até de alunas sacando da bolsa o esmalte e a acetona para fazer as unhas durante a aula... – são os mais assustadores. Não apenas porque mostram que os alunos (futuros juízes, futuros médicos, futuros professores...) não têm a mínima noção do que estão fazendo ali, mas porque uma instituição de ensino que permite que isso aconteça está mais perdida ainda do que os alunos.

No meu tempo não era assim.

24 de janeiro de 2009

Parece mas não é

Crianças de hoje em dia dizem palavras difíceis com a tranquilidade de quem masca chiclete ("inconstitucionalissimamente" já não quebra a língua de ninguém, façam o teste...), começam a ler inglês sem que ninguém ensine e aprendem a mexer no computador muito antes de tirar as fraldas. São seres complexos esses meninos e meninas deste começo de século. Informação em excesso, rapidez de raciocínio, um mundo de ideias alheias ao alcance de um Google, tudo isso acompanhado de uma certa arrogância – que é o efeito colateral da inteligência quando falta a sabedoria. Invencíveis no videogame e hábeis em tarefas que ainda parecem complicadas para a maioria dos adultos, como montar em cinco minutos um powerpoint cheio de efeitos mirabolantes, as crianças parecem sempre prontas a jogar na cara dos pais a constatação de que são elas que dominam as regras do jogo – pelo menos no que diz respeito ao onipresente universo da tecnologia.

Para os adultos, é fácil confundir os garotos espertos de 10 anos com um adolescente de 15. Eles às vezes ouvem as mesmas músicas, jogam os mesmos jogos, até leem os mesmos livros – caso de séries como *Harry Potter* e *Crepúsculo*. Tudo que uma criança quer, aos 10 anos, é ser tão bacana quanto o primo de 15 – enquanto o pessoal de 15, 20, 25 não parece com pressa nenhuma de sair do ninho. É como se existisse de repente uma superlotação de gente na adolescência: as crianças que estão acelerando a saída da infância, os adolescentes que adiam ao máximo as responsabilidades da vida adulta e ainda os adultos que se esforçam para voltar no tempo. Mas a fantasia peter-pânica de ter eternamente 15 anos é apenas isso: um sonho, uma fachada. Se uma bela e jovial senhora de 40 anos tatuar um dragão nas costas, usar uma minissaia de ursinhos e um par de passadores da Hello Kitty no cabelo nem assim será confundida com uma adolescente. Algumas marcas do tempo nem o Pitanguy apaga.

Com as crianças é mais ou menos a mesma coisa. Por mais descolados, espertos ou sexualmente precoces, não deixam de ser o que são: pessoas em idade de desenvolvimento, afetivamente imaturas e incapazes de tomar decisões que podem ter um impacto em suas vidas que elas ainda não têm condições de dimensionar.

E crianças devem ser protegidas de tudo aquilo que ainda são incapazes de resolver sozinhas – pelos pais, pela escola e, em última instância, pela lei e pelo Estado. Por esse motivo, há leis que obrigam que frequentem a escola, que não trabalhem, que no caso de um crime não sejam tratadas como adultos.

Para o desembargador Mario Rocha Lopes Filho, relator do processo que considerou que a relação sexual consentida entre uma adolescente de 12 anos e um homem de 20 não é estupro presumido, a norma em vigor está defasada e precisa ser relativizada. Ele argumenta que, em alguns casos, meninas com menos de 14 anos de hoje em dia já têm capacidade de decidir sobre sua vida sexual – partindo desse ponto de vista, meninas de 12 anos deveriam poder decidir também se estudam ou não e se trabalham ou não, suponho. Em um país em que a gravidez precoce é endêmica, essa decisão pode ser considerada um enorme desserviço em termos de saúde pública. Mas o que se percebe nessa leitura das meninas de "hoje em dia" não é apenas um equívoco social, mas psicológico. Há uma brutal confusão entre forma e conteúdo, entre essência e aparência. Adulto não é quem parece adulto, fala como adulto e diz que é adulto. Maturidade, inclusive para cuidar do próprio corpo e lidar com as consequências de uma gravidez, é outra coisa. Algumas meninas têm a sorte de contar com a orientação dos pais e da escola.

Outras não – e essas, infelizmente, às vezes não podem contar nem com a proteção da lei.

7 de fevereiro de 2009

Madeleines

Mesmo quem nunca leu uma página de Proust conhece a história do bolinho em formato de concha que puxa sete volumes de lembranças da memória do narrador de *Em Busca do Tempo Perdido*. As madeleines tornaram-se as mais conhecidas iguarias da literatura universal (mais populares, inclusive, do que o próprio livro) porque com elas Proust deu forma e conteúdo a uma experiência cotidiana universal: a associação de uma impressão sensorial qualquer (um gosto, um cheiro, uma certa luz, um tipo especial de prazer ou de desconforto, uma música) com um determinado conjunto de memórias ligadas a uma época, um lugar, uma situação, uma pessoa. Como se a nossa vida inteira, arquivada de forma nem sempre muito lógica, permanecesse encaixotada no porão da nossa memória apenas à espera de um convite dos sentidos para voltar à cena – não exatamente como uma reprodução fiel dos acontecimentos, mas como uma espécie de "romance baseado em fatos reais".

Faço parte de uma das últimas gerações de filhos criados por mães que trabalhavam exclusivamente como donas de casa. Para essas mulheres que preparavam o almoço todo dia para cinco ou seis pessoas, nem sempre muito atentas à divisão de tarefas, a cozinha tinha muito pouco do glamour de quem hoje usa seus dotes culinários para preparar um risoto de uvas brancas para os amigos no fim de semana. Ir à feira, cozinhar o feijão enquanto colocava as roupas de molho, arrumar as camas, varrer a casa, toda essa rotina cansativa e pouco valorizada, tinha seu fugaz momento de glória na hora do almoço – quando mesmo maridos e filhos desatentos eram obrigados a reconhecer que por trás daquele bife aparentemente banal ou do singelo bolinho de batatas recheado havia técnica e talento, além de um inimitável toque pessoal. Nós, as mães que raramente almoçam com os filhos durante a semana e que no domingo lotam os restaurantes até o meio da tarde, deixaremos outro tipo de memórias, não tenho dúvida – mas haja talento para substituir à altura um bolinho de batatas recheado...

Para os que tiveram a sorte de ter mães que cozinhavam bem e sempre, a mesa de todo dia abastece boa parte das lembranças associadas à infância e ao aconchego materno. Esta semana, comendo em um restaurante desses que servem refeições para executivos (eles também não almoçam mais em casa), fui surpreendida por um momento proustiano. Uma coxa de galinha temperada e refogada de uma determinada maneira, perfeita em sua trivialidade, me transportou para uma série infinita de almoços em família – o som do rádio sintonizado no "noticioso", as conversas desencontradas, minha mãe controlando a quantidade de comida ingerida por cada um dos filhos como se uma garfada a menos fosse o primeiro passo para a desnutrição.

Este será meu primeiro Dia das Mães sem o gosto dessa comida insubstituível. A surpresa, não tão surpreendente assim, é que nossas mães são um pedaço tão imenso do que a gente reconhece como a nossa identidade que todos os dias, nos gestos e momentos mais banais, surgem memórias ligadas a elas que aliviam um pouco a brutal saudade física que a morte delas nos causa. (E já bem velhinhos e esquecidos de quase tudo, se esse for o script da cena final, não tenho dúvida de que é o conforto e o aconchego delas que vamos desejar até o último momento.) A propósito: minha mãe, como o bolinho mágico da memória, também se chamava Magdalena.

9 de maio de 2009

O melhor banho da temporada

Memórias de infância parecem aleatórias, desconexas, mas são tudo menos isso. O que nos faz guardar uma determinada cena, entre outras tantas possíveis, fala mais sobre nós do que a lembrança em si. As memórias que permanecem, por mais banais que pareçam, constroem uma narrativa, um romance – que é aquele da nossa vida recontada e reordenada.

Algumas lembranças, as que servem melhor a esse propósito, parecem feitas de uma matéria mais permanente do que todas as outras.

Houve uma vez um banho de mar, de um verão qualquer do início dos anos 70, que sobreviveu intacto na minha memória em meio a uma nebulosa de experiências parecidas que não mereceram a distinção da permanência. Por que esse e não outro? Provavelmente porque desse eu gosto de lembrar.

As famílias mudaram muito nesses anos todos, e uma das coisas que mais mudaram foi a multiplicidade de formações e rotinas. Com mães que trabalham fora, casais que se separam e veem os filhos em dias combinados, novos casamentos e parentes multiplicados, as famílias se dão ao luxo de "customizar" seus hábitos muito mais do que se fazia antigamente.

Naquela época, a rotina caía bem, tanto na cidade quanto na praia. De modo que se reproduzia nas férias uma versão um pouco mais relaxada da ordem doméstica. Como se algum fiscal de costumes fosse checar se estávamos mesmo almoçando e jantando na hora certa, mesmo sem compromisso nenhum com o relógio para cumprir. Bom, pelo menos lá em casa era assim.

Chegávamos cedo na praia, antes das 10h, e saíamos pouco depois do meio-dia, para almoçar em casa. Depois do almoço, picolé, soneca, bicicleta. Ninguém ia à praia à tarde, por mais quente que estivesse – o que não fazia sentido, mas ninguém parecia notar.

À noite, jogo de carta, melancia, mosquitos – e se o bombril na antena funcionasse, um pouco de novela também. Na sexta, meu pai chegava para passar o fim de semana. Era o pai que, a certa altura do veraneio, decretava o dia que deveria ser lembrado como "o melhor banho da temporada".

A combinação perfeita entre temperatura da água, tamanho das ondas e ânimo coletivo da nação gerava essa pequena mitologia familiar: o dia de praia perfeito. Eu antecipava esse momento como algumas crianças antecipam a chegada do Papai Noel, a hora em que o pai, depois dos últimos mergulhos antes de voltar para casa, anunciava que, enfim, aquele havia sido o melhor banho de mar do ano. Por que aquele e não outro qualquer? Nunca me ocorreu questionar. O pai sempre acertava.

Meu banho de mar inesquecível, não por acaso, foi o "melhor banho da temporada" daquele ano. Não sei que idade eu teria: nem tão pequena a ponto de ficar apenas no raso, nem tão grande que pudesse ir sozinha no fundo. Depois de brincar na areia e torrar no sol sem protetor, vinha a hora de entrar no mar com o meu pai e a minha mãe. Um de cada lado me dando a mão, íamos até onde a prudência mandasse e eu conseguisse dar pé.

 Naquele dia, fomos um pouco mais longe do que o normal, e uma onda que me pareceu gigantesca cobriu a minha cabeça e me fez ficar alguns segundos embaixo d'água, naquela mistura de medo e prazer que a sensação de estar sendo carregado pelo mar às vezes dá.

 A onda passou, e a primeira coisa que vi quando voltei à tona foi meu pai e minha mãe me olhando, medindo o tamanho do meu susto, antecipando o choro talvez. Mas eu não chorei. Estava, sim, assustada, mas ao mesmo tempo segura como nunca tinha me sentido antes, com os dois apertando ainda mais forte as minhas mãos.

 O mar podia ser imprevisível, cruel, traiçoeiro, mas eu não estava sozinha – e pela primeira vez dava o devido valor a isso.

29 de janeiro de 2010

Visita à casa da infância

O que a gente busca quando visita um lugar que nos traz lembranças de infância? As memórias que já temos ou as que podem ser despertadas por um detalhe qualquer? Procuramos um pouco do que a gente foi ou os outros, os que já não podem lembrar e que só existem enquanto a gente insiste em pensar neles? Todo mundo tem casa na praia. Ou é filho, marido/mulher, cunhado, amigo chegado de alguém que tem casa na praia. Essa é a impressão de quem, como eu, não tem casa na praia – nem parentes próximos para recorrer em um fim de semana suarento de verão. De março a dezembro, nem penso nisso, mas em janeiro e fevereiro olho todos os anúncios de casas, casinhas, cabanas, à venda. Faço cálculos, penso em vender o meu apartamento e comprar outro, menor, só para realizar o sonho de ser igual a todo mundo e ter um lotezinho imobiliário para chamar de meu junto ao mar de guarda-sóis e à sombra dos picolezeiros. Mas nem sempre foi assim. Durante quatro verões da minha infância, eu tinha um endereço em Tramandaí. E foi a essa casa, que eu nunca deixei de visitar na imaginação, que eu decidi voltar.

 Quando meus pais compraram a casa, em 1972, as cinco pessoas da família mal se acomodavam na meia-água cor de rosa com dois quartos pequenos, banheiro, cozinha e um gambá no pátio minúsculo (sim, seria um gambá de estimação, se alguém na casa o estimasse...). Dona Magdalena, minha mãe, encarou o imóvel modesto como um projeto pessoal de multiplicação de recursos escassos – mágica em que as donas de casa daqueles tempos de muitos filhos e uma única fonte de renda, o salário do pai, eram craques. Nos quatro anos seguintes, não parou de fuçar na casa, erguendo e derrubando paredes, refazendo a fachada, planejando a iluminação para que, à noite, as cores vibrantes (azul-noite e vermelho-táxi) chamassem ainda mais a atenção. Quando diziam que a nossa casa "parecia uma boate" ela gostava. E eu mais ainda.

Naquela casa, aprendi a andar de bicicleta. Subi em árvore pela primeira e última vez (na aroeira da vizinha) e aprendi a utilidade de uma ratoeira. Ali, terminei de ler *Os Doze Trabalhos de Hércules* em um feriadão chuvoso de Sete de Setembro. Foi ali também que eu escrevi, inspirada pelo tédio e por uma toalha de praia tigrada, minha primeira e última história de ficção, "Pink, o Leopardo". E havia tempo para tudo porque os verões eram longos: duravam da véspera do Natal ao último domingo antes do início das aulas.

Cheguei na casa que não é mais minha, mas de certa forma nunca deixará de ser, no final da tarde de um domingo. Quem veio abrir o portão foi o Nelson, inspetor de polícia aposentado que decidiu mudar para o Litoral em 1986. Ele mora ali com a mulher, Vanessa, e a filhinha do casal, Sandra – a dona da piscina e do cachorrinho instalados no pátio da frente.

Gentilmente, eles me mostraram a sala, os quartos, detalharam cada mudança que fizeram depois que mudaram para lá, há pouco mais de quatro meses. Eu recordava bem do piso da sala, dos azulejos, da porta da entrada – pouca coisa para tanta lembrança difusa que eu achava que tinha – e estranhei as grades e a ausência de cor na fachada.

    Lembrei coisas bobas – meu pai lavando carro, minha mãe aguando as plantas, e me dei conta de que ela tinha a minha idade quando eles venderam a casa para comprar um apartamento maior. A decisão deve ter sido a mais correta na época, mas a casa permaneceu como um amor interrompido para mim, dolorido como todos os que terminam contra a nossa vontade. Foi bom saber que a casa que eles construíram continua lá, com algo deles ainda vivo e sólido, como o pedaço da nossa família que melhor resiste ao tempo – o inconcreto da memória.

    Gostei de ver que a nossa casa abriga hoje uma família que mora ali o ano inteiro. Não é uma casa de temporada, é um lar – e esse me parece o destino mais nobre que uma casa pode ter. Isso e, talvez, quem sabe, um dia fazer parte das lembranças de infância da Sandra também.

2 de fevereiro de 2010

O mar da noite

À noite, todas as praias são bonitas. As praias comuns, que durante o dia contam apenas com a luz do sol e a temperatura da água para seduzir os frequentadores, à noite ganham mistério e solenidade insuspeitados. É que há algo na experiência noturna do mar que amplia nossa sensação de diluição, de ausência de limites, de mergulho no coração selvagem da natureza. ("Night swimming deserves a quiet night", lembra uma das músicas mais bonitas do R.E.M.) O mar da noite, por mais calmo e sedutor que pareça ao olhar inocente, não esconde sua superioridade sobre nós, ainda mais frágeis e insignificantes diante da imensidão que se estende até o breu absoluto. Como um felino traiçoeiro descansando sob a sombra, o oceano nos atrai pela beleza e desafia nossa coragem para enfrentá-lo – "decifra-me se fores capaz". Sem o exibicionismo pouco sutil do sol como rival, o mar da noite nos suga lentamente para os seus domínios – mesmo contra a vontade de quem sabe muito bem os riscos que está correndo. O brilho das ondas quebrando na areia, o barulho ritmado, o calor do sol que já se pôs ainda preso à água... é difícil resistir. É possível que você lembre com nitidez de todas as vezes em que mergulhou no mar à noite. Molhando os pés sem intenção de molhar as pernas, molhando as pernas sem querer avançar além, até que uma onda mais forte o arrebata para o inevitável mergulho no escuro – deixando você, rendido e deliciado, querendo sempre um pouco mais. E sem salva-vidas por perto. (E não são sempre assim os prazeres mais intensos?)

Uma vez por ano, esse cenário noturno, em geral silencioso e profanamente sagrado, é tomado por um outro tipo de rito. Filas de carros em volta da praia, barracas vendendo capeta e churrasquinho de gato, milho verde, algodão-doce. O entorno lembra um domingo de sol forte e praia lotada. Mas é perto de meia-noite, e o cheiro de velas queimando junto à imagem de Iemanjá lembra o interior de um templo.

A noite quente atrai curiosos, famílias da vizinhança, gente que ficou na areia o dia inteiro esperando o movimento da noite. Mas a grande maioria vem à praia em missão de fé, vestindo roupas brancas e azuis, trazendo barcos enfeitados para lançar como oferenda ou apenas rosas, perfumes, champanha. O mar da noite empresta sua força e seu ruído mântrico a esses frequentadores respeitosos. Diante dele, tudo fica um pouco mais solene, até o passeio despretensioso de quem está ali apenas por curiosidade.

A praia está cheia de pessoas sentadas na areia, sobre os cômoros, outras ocupam as mesas dos quiosques, algumas fazem fila diante de tendas que oferecem passes. O alto-falante espalha mensagens de fé e esperança para quem está desempregado ou tem alguém doente na família. Crianças entram correndo no mar sob o olhar atento dos pais, alheias ao clima de festa religiosa misturada a quermesse que toma conta da praia.

Elas também são atraídas pelo mar da noite, e esse é apenas o começo de um fascínio que elas nunca serão capazes de explicar ou entender completamente. Como a fé – para quem não a tem.

3 de fevereiro de 2010

Grand finale

A ideia da morte tornou-se concreta na minha vida algumas semanas antes do meu aniversário de 15 anos, quando um caminhão atravessou o caminho da mobilete novinha que minha amiga havia ganho poucos meses antes, no aniversário de 15 anos dela.

Há uma desinteligência essencial entre o ponto final da morte e a explosão de vírgulas, travessões e dois pontos que a adolescência anuncia. Se eu ainda fosse criança, é provável que algum adulto tivesse se ocupado de revestir esse momento de algum sentido mágico ou religioso que ajudasse a tornar essa perda um pouco menos absurda e fora de hora.

Alguns anos mais tarde, tudo continuaria absurdo e fora de hora, mas talvez eu já tivesse assimilado melhor a noção de que a ausência de lógica e senso de justiça rege boa parte dos acontecimentos que afetam nossas vidas de forma definitiva.

Aos 15, quando os anticorpos da infância já não funcionam mais e os da vida adulta ainda estão amadurecendo, quase tudo é espantoso, definitivo, absoluto – como a morte. Mas a dimensão trágica da existência, aquilo que faz com que um adulto chore, na morte dos outros, a própria finitude, ainda não está completamente instalada.

Talvez por isso, desse primeiro enfrentamento com uma sentença irrevogável do destino, eu lembre não apenas das muitas cenas de choro e consolo mútuo, mas também dos incontroláveis ataques de riso que durante o velório, inclusive nas horas mais impróprias, interrompiam a contrição do nosso luto de principiante.

Rir não diminuía a dor ou a saudade nem tornava aceitável o que não era, mas de alguma forma transformava o sentimento individual de cada uma de nós, as amigas mais próximas, em uma experiência coletiva de catarse e expiação. Rir era o nosso jeito de chorar em conjunto o absurdo da situação.

O que eu queria dizer mesmo é o seguinte: no Brasil, os cerimoniais de despedida, em geral, não costumam abrir muito espaço para que o luto seja vivido de forma coletiva e "customizada". Há um certo pudor em transformar velórios em espetáculos com discursos, trilha sonora e aperitivos no final, como se vê com frequência em filmes americanos ou britânicos.

Passamos da experiência pré-moderna dos velórios em casa e das carpideiras contratadas para chorar o defunto alheio diretamente para a cerimônia fria e eficiente dos dias de hoje, em que parentes, amigos e conhecidos, com diferentes graus de envolvimento pessoal com o morto, reúnem-se laconicamente (ou nem tanto) diante de um caixão, reservando o único momento de contrição e despedida coletiva para a breve encomendação religiosa, em geral padronizada, que antecede o enterro.

Não há, nesses velórios convencionais, espaço para que o morto seja lembrado em voz alta em toda sua grandeza e banalidade – tornando solene e significativa a experiência daquela perda até para quem não a está sofrendo.

É de certa forma paradoxal que toda a passionalidade que os brasileiros demonstram em vida acabe sepultada em cerimônias chochas, em que a emoção desempenha um papel tão discreto e íntimo. Falta aos nossos velórios a celebração coletiva dos discursos, as lágrimas e o riso, a emoção compartilhada, o espetáculo coreografado da dor. Falta grand finale.

Na morte, quem diria, somos mais britânicos que os próprios.

20 de novembro de 2010

Ciborgues

Nem Mulher Maravilha nem Poderosa Ísis. Minha super-heroína favorita era a mais que humana Mulher Biônica, com seu ouvido que escutava o bater de asas de uma borboleta, seu braço capaz de derrubar o vilão com o penteado mais terrível e suas pernas que corriam mais rápido do que um Maverick envenenado (era os anos 70, pessoal…).

Como uma Eva cibernética, a Mulher Biônica nasceu da costela e do sucesso da série *O Homem de Seis Milhões de Dólares*, produzida nos Estados Unidos entre 1974 e 1978. Os dois personagens foram responsáveis pela disseminação na cultura pop do termo "ciborgue" – criado em 1960, no auge da corrida espacial, para descrever um ser humano turbinado pela tecnologia e capaz de sobreviver no ambiente hostil do espaço sideral.

Quase 40 anos depois da estreia da série, o conceito de ciborgue já não soa como ficção científica – e seis milhões de dólares, vamos combinar, já não pagam nem um ano de salário do Ronaldinho Gaúcho, que dirá uma operação secreta do governo americano.

Pernas, braços e ouvidos têm sido reconstruídos com sucesso pela medicina, mais ou menos como aconteceu com a Mulher Biônica depois de um acidente quase fatal com um paraquedas, e são tantos os avanços prometidos para os próximos anos nas áreas de engenharia genética e neurociência que a ficção científica vai ter que se puxar para parecer mais ousada do que a ciência de verdade. Mas talvez os ciborgues nem precisem de tanto tempo assim para virar maioria no planeta. Para a socióloga americana Amber Case, todos nós – eu, o leitor e até o Charlie Sheen – já somos ciborgues. Não como o Robocop ou a minha querida Mulher Biônica, que incorporaram a tecnologia para superar limitações físicas, mas como seres que usam as máquinas como uma espécie de extensão das habilidades mentais de comunicação e relacionamento.

"Você é um ciborgue toda vez que olha para a tela de um computador ou usa um celular, porque está entrando numa relação tecnossocial com um pedaço de tecnologia não humana. Nossos celulares, carros e laptops nos tornaram ciborgues porque nós os empregamos para fazer coisas que não conseguimos como simples indivíduos. Nossos corpos podem estar nos mesmos lugares, mas nossas identidades e pensamentos estão viajando pelo globo", disse a pesquisadora em uma entrevista publicada esta semana na *Folha de S. Paulo*. Amber Case compara seu trabalho com a antropologia tradicional, que viaja a lugares exóticos para coletar relatos sobre o modo de vida de outras civilizações – neste caso, nós é que somos a civilização exótica.

A "antropologia ciborgue", explica Amber, estuda como o *Homo sapiens* está sendo reinventado pela tecnologia, lidando com extensões inéditas das suas habilidades de comunicação: um volume inconcebível de informação ao alcance de um clique, o surgimento de um "eu digital" que interage com outras personas digitais (tanto para se candidatar a um emprego quanto para arranjar um namorado ou reencontrar um amigo) e a conectividade permanente com outras pessoas, estejam elas onde estiverem.

Amber tem apenas 24 anos, mas já se preocupa com a geração seguinte, a que encara o celular como uma extensão do seu corpo e vive cercada de estímulos que disputam sua atenção o tempo todo. "É quando você está sozinho com você mesmo, sem estímulos externos", alerta a jovem antropóloga ciborgue, "que você descobre quem realmente é".

12 de março de 2011

Marolas e maremotos

A moça coberta de tinta surgiu ao lado do táxi como um daqueles malabaristas de sinal vermelho, equilibrando nada mais do que um sorriso e uma latinha de moedas. Não olhou para mim nem para o motorista, embora o trote aparentemente envolvesse algum tipo de interação com os carros. Parecia absorvida demais pelo próprio contentamento para distrair-se com qualquer outra coisa – uma aparição colorida iluminando a paisagem cinzenta de uma terça-feira.

No lado opaco do cenário, vinha eu distraída com as preocupações do dia quando a visão da menina colorida me obrigou a parar de pensar nas coisas práticas da vida para desfrutar aquele instante de felicidade alheia que atravessava o caminho. A felicidade muito exuberante, vocês sabem, sempre nos acabrunha um pouco, mais ainda se ela nos apanha assim, numa terça-feira cinzenta e a caminho do trabalho.

Quis muito ser de novo aquela menina no primeiro dia de aula da faculdade que eu já fui, mas logo me consolei pensando que não adiantaria muito voltar no tempo porque, aos 17 anos, raramente a gente se sente tão feliz assim quanto os adultos indo para o trabalho podem fantasiar quando nos veem de dentro de um táxi.

Ali, no meio da Goethe, sem a profundidade de um escritor alemão, me ocorreu que a percepção da passagem do tempo é uma dose homeopática de consciência trágica, uma marola de microssofrimento que pode nos surpreender a qualquer hora do dia, em qualquer lugar, lembrando que somos todos frágeis e finitos – contra todas as evidências em contrário. O microssofrimento é uma ondinha tão inofensiva que muitas vezes nem lembramos dela no final do dia, mas, se estivermos atentos, ela vai lentamente instaurando em todos nós a dimensão impermanente da existência.

Uma vida é feita de marolas, com as quais facilmente aprendemos a conviver, mas também de terríveis maremotos – aqueles acontecimentos tão grandiosamente trágicos que despertam em nós o sentido da injustiça. Por que eu? Por que agora? O filósofo estoico Sêneca, que assistiu um terremoto reduzir a escombros a província de Campânia, no Império Romano, matando milhares de pessoas, dizia que é preciso, o tempo todo, esperar o inesperado.

Não por pessimismo ou mau humor, mas porque desastres, naturais ou não, sempre farão parte da nossa vida. Vivemos divididos – lembra Sêneca – entre a certeza de que amanhã será igual a hoje (uma sensação de continuidade que nos dá estabilidade) e a possibilidade, não tão remota assim, de que algo repentinamente aconteça e mude nossa vida para sempre. A pessoa sábia, diz o filósofo, é aquela que aprende a aceitar essa impermanência como parte da vida, sem sofrer inutilmente por isso.

Quando o chão tem o péssimo hábito de sair do lugar de vez em quando, como no caso do Japão, essa sabedoria estoica acaba se transformando em um traço cultural. Nada é inesperado, tudo pode acontecer. Um bom motivo, por exemplo, para aprender a valorizar uma terça-feira cinzenta perfeitamente tolerável.

19 de março de 2011

Inês não é morta

Era uma vez um reino onde vicejava uma linda donzela, que a todos seduzia e encantava. A todos menos a um certo poeta, de parnasianas rimas, que espalhou o boato de que era tão inculta quanto bela a musa que rejeitou seus versos com duas palavras e uma exclamação: "São enjoados!".

O coração de Inês (este era o nome da donzela) era disputado por dois pretendentes que não gozavam da simpatia do pai, um sujeito mal-humorado, desses que não veem graça em trocadilhos. Um deles era rico e viajado, mas forasteiro. Seu approach era chic, mas podia ser tudo mise-en-scène, pensava o pai com seus botões – seus únicos interlocutores, aliás, além de um ou dois deputados locais.

O segundo pretendente era risonho e inventivo, mas lhe faltavam as luzes, as letras e provavelmente alguns números também. Falava "tu foi", "tu vai" e quando surpreendia a amada passeando sozinha, ventura suprema, dava um jeito de sussurrar ao pé do mimoso ouvido: "É para mim beijar agora ou depois?".

Para o pai ciumento, nenhum dos dois estava à altura de sua Flor do Lácio, que era o apelido da filha caçula. Entre o gringo e o pé-rapado, o pai preferia ver a filha morta, esticada no tabuão, mas castiça. Faltou, porém, combinar com o adversário, como diziam os reais cronistas esportivos.

Entre o esplendor e a sepultura, Inês não teve dúvidas: tomou os dois pretendentes como amantes, e mais alguns que nem apareceram na história, e com eles teve muitos filhos e filhas – e continua tendo. Não casou nem prometeu exclusividade a ninguém. O pai, amargurado, morreu no exílio. Como a donzela da fábula, a língua tem amantes, mas não tem marido nem pai a quem deva obediência. Inês não é morta. Querem protegê-la dos estrangeirismos e inventam leis estapafúrdias. Querem protegê-la da corrupção que vem das ruas e se espantam quando um livro didático lembra que as pessoas falam de um jeito, mas escrevem de outro (como se eu, o leitor e toda a torcida do Benfica já não soubéssemos disso).

A língua é bonita e disponível, mas não precisa de guarda-costas – defende-se muito bem sozinha. Vive se modificando, adquirindo vícios, encurtando caminhos, arejando o que está nos livros com o ar fresco que vem do uso cotidiano e da literatura.

É impossível estudá-la sem lembrar que é um organismo vivo, em constante transformação, e que a gramática é apenas um acordo que falantes e leitores usam para se entender melhor em meio a tantas variações da linguagem cotidiana.

Na polêmica com os livros do MEC, muita gente deu opinião sem examinar o livro, lendo coisas que não estavam escritas. Foi como uma gota d'água em meio ao descontentamento unânime com o ensino no Brasil. Isso porque a pedagogia do coitadismo, que permite tudo aos alunos e acha feio cobrar esforço e desempenho, realmente tem ajudado a piorar nossos índices já vergonhosos.

Também é verdade que o discurso de respeito às variantes da língua não pode servir como desculpa para que professores e alunos abram mão de estudar a norma culta, que nos unifica e desafia. Mas um livro que ensina que uma língua é mais rica e complexa do que a sua gramática não está necessariamente invocando o demônio da ignorância. Está apenas reconhecendo o óbvio: Inês vive.

21 de maio de 2011

A velha louca

Era uma dama que não passaria despercebida nem na ala mais festiva de uma parada de orgulho gay – dessas que usam colares de bolas verdes do tamanho de um morango graúdo e combinam o chapéu usado no casamento de um cunhado do doutor Borges com os chinelos comprados semana passada no mercadinho da esquina.

Por diversão, adorava narrar em detalhes picantes a vida amorosa de personalidades aparentemente amorfas e ria muito revelando aos inocentes a ninfomania notória da mulher de um político conhecido, com a qual tomava chá todas as quartas-feiras na mesa mais concorrida da Confeitaria Rocco – no tempo da Confeitaria Rocco e de encontros para o chá às quartas-feiras.

Gostava de ler e de conversar sobre livros, sem se levar tão a sério a ponto de soar pedante aos amigos menos lidos. Lia Proust em francês desde menina-moça, mas para enfrentar doença ou insônia preferia Harold Robbins.

Nunca recusava um convite para dançar, fosse para uma valsa vienense ou uma macarena, e não tinha o menor pudor em tirar os sapatos no meio da festa em atenção aos joanetes, instigando as moças penduradas em saltos muito altos a trocarem a elegância pelo conforto a certa altura da festa: "Depois da terceira taça, ninguém repara nos detalhes".

Gostava de dormir tarde e de uísques importados e jamais – jamais – pensou em diminuir o número de cigarros para preservar a saúde e esticar os anos que lhe cabiam na atual encarnação (se dizia agnóstica convicta, mas acreditava em vidas passadas e nas muitas coincidências que indicavam sua passagem pelo Antigo Egito e pelos braços de Júlio César e Marco Antônio). Morreu bem velhinha, ligeiramente caduca, dizendo que quem ficava velho sem perder um pouco a compostura acabava ranzinza e com tendência ao mau hálito. As velhas loucas são eternas e universais – quase todo mundo conhece uma. A maioria de nós, as mulheres muito responsáveis e adequadas, passa boa parte da vida em um esforço insano para passar a limpo a existência e suas circunstâncias. Enquanto os homens parecem abstraídos por um assunto de cada vez, suas mulheres se ocupam em prestar atenção em tudo, sinceramente convencidas de que isso é possível.

Querem a casa mais aconchegante, o marido mais completo, os filhos mais perfeitos, o trabalho mais reconhecido – mesmo quando dizem que não, porque tanta mania de perfeição irrealizada não pega nem bem.

A velha louca é a mulher que, a certa altura, liberta-se da fantasia de controle e se entrega à entropia inevitável. Fala o que tem vontade e escuta só o que quer. A velha louca não perde tempo implicando com o marido e os vizinhos nem reclamando que os filhos não visitam mais: a velha louca tem vocação para a alegria.

Sua única loucura, na verdade, é ser imprevisível e ainda achar muita graça no que as pessoas dizem e fazem – como quem recém chegou neste mundo e não pretende sair tão cedo.

16 de julho de 2011

Vergonha alheia

Nos últimos anos, a expressão "vergonha alheia" se espalhou na linguagem cotidiana e nas redes sociais como se nunca tivéssemos vivido sem ela. Os mais novos podem achar que o termo sempre esteve aí, à disposição de falantes, escreventes e tuitantes, mas o fato é que se trata de uma expressão recém-importada – coisa de menos de dez anos para cá. O termo "vergüenza ajena" está para a língua espanhola mais ou menos como "saudade" está para o português.

Ou seja: não existe equivalente nacional perfeito – o que fizemos foi pegá-lo emprestado dada sua evidente utilidade semântica. (Com a multiplicação das ferramentas de transmissão de micos voluntários e involuntários, a vergonha alheia nunca esteve tão em voga.)

Darwin teria sido um dos primeiros cientistas a estudar o papel da vergonha no comportamento humano. No livro *A Expressão das Emoções em Homens e Animais*, o biólogo britânico dedica um capítulo inteiro à reação, exclusivamente humana, de corar em determinados momentos.

Para Darwin, sentimos vergonha em basicamente dois tipos de situação: quando expomos sem querer algum pensamento ou emoção íntimos ou quando intuímos que os outros condenam nosso comportamento. Para sentir vergonha, a pessoa deve chegar à conclusão de que fez algo que contraria um referencial próprio ou do grupo do qual faz parte – e isso deve ter lá sua utilidade evolutiva como recurso de adaptação ao grupo, suponho.

Aqueles que aparentemente não se incomodam com gestos ou palavras que a nós matariam de vergonha (ou vergonha alheia) tanto podem ser desviantes involuntários, gente que simplesmente não é capaz de seguir os códigos coletivos de comportamento (lavar os cabelos, por exemplo), quanto libertários: pessoas que subvertem as regras estabelecidas e ousam pensar/agir diferente (usando o cabelo comprido quando todo mundo usa bem curtinho, por exemplo).

Em momentos de ruptura, quando uma maioria é pressionada a começar a assimilar e respeitar a diferença, é comum inverter a equação e transformar a antiga inferioridade no sentimento que é o oposto da vergonha: o orgulho. Quando proclamamos o orgulho negro, o orgulho feminino, o orgulho gay ou mesmo o orgulho de sermos gaúchos (habitantes de uma província economicamente secundária), estamos propondo uma nova forma de ver o mundo – menos limitada, mais complexa.

Mas quanto mais atrasado for o ponto de vista (do país, da cidade...), mais difícil será aceitar que é possível sentir orgulho por fazer parte do grupo menos poderoso ou menos valorizado socialmente.

O fato de a Câmara de Vereadores de São Paulo ter instituído um bizarro Dia do Orgulho Hétero – fabricando um cerco imaginário à heterossexualidade típico da mentalidade paranoica que gera a violência – seria até cômico não fosse a combinação de falta de luzes com preconceito tão potencialmente perigosa.

6 de agosto de 2011

A patrulha do mico

Os meninos reclamam um pouco antes – muitos nem sabem amarrar os próprios tênis sozinhos ainda quando começam a pedir que os pais maneirem nos beijos na frente da escola e evitem os "cuti-cutis" mais expansivos em ambientes públicos.

É um pequeno rito de passagem pelo qual todas as crianças, mais cedo ou mais tarde, acabam passando: o momento em que o aconchego dos pais, até então fonte de satisfação garantida em qualquer ocasião, começa a ter hora e lugar certos – e, por consequência, hora e lugar errados também.

Aos pais, cabe saber sair de cena discreta e estoicamente, respeitando a nova etapa e suas exigências e ajudando os filhos a cortar alguns laços para construir outros.

Abraços demorados e beijos barulhentos vão continuar sendo bem-vindos por muito tempo ainda (às vezes, pra sempre...), mas raramente em público e nunca, NUNCA, na frente dos amigos ou dos primeiros interesses românticos em potencial. Qualquer infração dessa pequena regra de ouro será punida com a sentença definitiva de um implacável juiz de costumes: "Mãe (pai), olha o mico!".

O problema é que chega uma hora em que os micos, como os coelhos, reproduzem-se na velocidade da luz. Sentimos saudade dos miquinhos convencionais e catalogados, como dar bitoca na despedida da escola ou contar histórias embaraçosas na frente dos colegas de caratê. De uma hora para outra, mico é a roupa que vestimos, a música que escutamos, o jeito que rimos no telefone e até o navegador da internet que usamos. Mico, em resumo, é ser adulto.

Uma curiosa consequência do novo formato de família que se consolidou nos últimos anos, tornando obsoleta a hierarquia de pais que mandam e filhos que obedecem, foi a consagração dos mais jovens como uma espécie de eminência parda do poder doméstico. Eles podem não pagar as contas da casa nem aparecer na ficha do IBGE como "chefes de família", mas, na prática, mandam e decidem muito mais do que seus pais ou seus avós em suas épocas. Jovens de hoje palpitam no modelo do carro da família, no tipo de computador e no destino das férias – sem falar na organização da própria rotina e no ritmo dos estudos. E estão tão acostumados a ter opinião sobre tudo, que não é surpreendente que tentem impor aos pais suas ideias sobre o que é ou não adequado para eles.

Adolescentes, em geral, não querem encontrar os pais na balada ou no Twitter nem ver a mãe de minissaia ou o pai aprendendo a surfar – mico, mico, supermico. Seus pais, por sua vez, acreditam que têm direito de inventar um novo modelo de maturidade em uma época em que diferentes gerações partilham gostos e interesses como nunca antes – e onde ninguém tem certeza de coisa nenhuma mesmo.

A "patrulha do mico" detona um novo tipo de conflito de gerações – muito adequado a nosso tempo de narcisismo e superexposição (micos agora podem ser planetários...). O curioso é que, neste caso, os mais velhos é que podem, ou não, se rebelar.

3 de setembro de 2011

Um lugar no mundo

De vez em quando, no caminho para o jornal, cruzo por uma vendinha acanhada que soube sobreviver com intrépida valentia ao avanço dos supermercados e de um viaduto. Na parede externa, como chamariz para clientes em potencial que ainda se arriscam a caminhar pela calçada estreita e pouco frequentada, cartazes escritos à mão anunciam os produtos em oferta do dia: cuca, berga, salsichão, cacetinho...

Sempre que passo por ali, sinto um amolecimento de estrangeiro no exílio, uma ternura que sobrevive até mesmo à feiura do viaduto e do seu entorno. "Cuca", "berga", "cacetinho", "salsichão" são palavras que despertam uma involuntária sensação de pertencimento: a uma língua, a uma cultura, a um lugar no mundo – o nosso. (Já pensei em parar para fazer uma foto e mandar como recuerdo para os amigos exilados, mas sempre desisto com medo de assalto, e isso também é muito pitorescamente local.)

Explico. Naquela parede descascada de um canto obscuro e sem charme da cidade, ali onde nada sugere beleza ou triunfo, ergue-se um pequeno monumento involuntário à nossa celebrada (por outros motivos) identidade regional.

Estão lá nosso jeito de falar encurtando as palavras, a culinária local e sua ênfase no básico consistente e até mesmo um desleixo estético nos cartazes que evoca nosso pragmatismo ostensivo. Nada de rimas alegres ou letras impressas com a fria eficiência do letraset: informação sem rodeios ou sedução mercadológica expressa com clareza de propósitos e concisão – a garranchos, por sinal.

Em um pedaço do mundo que se ocupa tanto da ideia que tem de si mesmo, é natural que surjam formas diversas de viver, ou celebrar, a própria identidade. O gauchismo que se comemora em setembro, esse do Acampamento Farroupilha e dos desfiles, é uma delas. Para quem está suficientemente de fora, olhando a distância a agitação em torno do parque crescer de ano para ano, fica claro que o nativismo nesse formato encontrou seu público.

Curiosos que passeiam por ali apenas no fim de semana misturam-se aos que tiram férias para viver mais intensamente esse grande parque temático da tradição campeira reinventada para a cidade. É difícil distinguir os dois públicos, o residente e o visitante, porque a vocação gregária do ambiente e seu tempero típico local impuseram-se acima da própria tradição cultuada. O Acampamento Farroupilha é nosso fevereiro, nosso Arco do Triunfo, nossa Times Square – um lugar para levar as visitas e dizer: pois é, por aqui é assim. Ao gauchismo de setembro, que mobiliza as multidões e atrai turistas, contrapõe-se, sem se opor, o que poderíamos chamar de gauchismo "íntimo", esse campo magnético afetivo que nos liga a um lugar mais do que a qualquer outro – e não apenas porque nascemos nele, mas porque o escolhemos como ponto de referência e destino. Aquilo que nos comove num conto do Borges ou numa milonga do Vitor Ramil – e que de vez em quando até a palavra "berga", solita, pode despertar.

17 de setembro de 2011

Véspera

O cheiro que vem da cozinha é de uma alquimia imprecisa. Pêssegos e passas se confundem no ar com os aromas da carne sendo assada no forno, enquanto a nota suave das fatias de abacaxi dispostas na travessa enfeitada com cerejas e fios de ovos – estes fadados a permanecerem intocados, não importa quantas vezes a travessa vá e volte ao refrigerador nos dias e noites seguintes – espalha pela casa um inconfundível perfume festivo.

Algo sendo preparado na batedeira compõe uma sinfonia concreta com o laborioso liquidificador e com a enceradeira girando célere rumo ao anacronismo irrevogável que condena certos eletrodomésticos a se acumularem no ferro-velho da memória junto a brinquedos quebrados e vestidos que já não servem mais.

O movimento da casa sendo arrumada para as visitas da noite, a cozinha em ação continuada e diligente, brinquedos escondidos em algum canto do armário já revirado muitas vezes nos dias anteriores. O ritmo singular de um dia que não é de trabalho ou de estudo, mas tampouco lembra a modorra de um feriado ou a pausa rotineira de um fim de semana. É uma manhã de véspera de Natal, e para uma criança (esta criança) não existe maior espetáculo na Terra.

Haverá, com sorte, muitos outros Natais antes e depois daqueles em que você é o adulto com a chave do armário dos brinquedos escondidos. Natais burocráticos, Natais alegres, Natais em que novos membros da família fazem sua estreia no álbum de retratos, Natais sob o impacto de perdas recentes que, saberemos mais tarde, nunca perderão seu lugar permanente à mesa de todas as ceias.

Não importa se você adora ou se sente mortalmente deprimido durante as festas de fim de ano, se teve Natais de novela das oito ou de romances do Charles Dickens: o Natal do presente será sempre medido conforme alguma nostalgia da infância.

E o há ocasião mais pródiga em lições duradouras sobre expectativa e realidade. Ainda crianças, aprendemos que é preciso modular nossos sonhos para que eles caibam na realidade, material e afetiva, da família que temos. Mais tarde, aprendemos a aceitar nossa família para que ela continue cabendo nos sonhos de harmonia que o Natal, como nenhuma outra ocasião, parece cobrar indistintamente, como se fosse um imposto.

Mas nenhum Natal tangível sobrevive à comparação com aquelas manhãs de pura antecipação da infância. Essas horas em que a expectativa pelas surpresas da noite dava solenidade e significado a cada gesto banal dos adultos, e todos os presentes um dia desejados – um foguete que vai à Lua, uma boneca de pano que fala, um buggy que anda na rua de verdade – ainda são uma possibilidade tão concreta e factível quanto podem ser concretos e factíveis todos os desejos de quem ainda não aprendeu a sonhar apenas com o que é possível.

24 de dezembro de 2011

Brasil cabeção

Se os japoneses batizassem um programa de governo de Japão Disciplinado ou os Estados Unidos criassem uma campanha chamada América pelo Consumismo, ia soar como se uma febre pleonástica tivesse acometido o Primeiro Mundo. Foi mais ou menos essa a sensação que eu tive ao ouvir o nome do novo programa de combate à miséria do governo federal: Brasil Carinhoso.

Coração é o que não nos falta, a gente sabe. Nos anos 30, o sociólogo Sérgio Buarque de Holanda (o sogro dos sonhos de nove entre 10 brasileiras) cunhou uma expressão que até hoje é mal entendida e mal citada. Seu "homem cordial" não é o sujeito bonzinho que sempre tem uma palavra gentil na ponta da língua e ajuda velhinhas a atravessar a rua.

A cordialidade brasileira que o sociólogo descreve não é a do bom coração e da hospitalidade, mas a do domínio da emoção sobre a razão, que pode causar tanto as efusões amorosas mais comoventes quanto as reações mais violentas e intempestivas – não por acaso, esse país tão cheio de amor para dar é também campeão nas estatísticas de violência contra a mulher.

O homem cordial clássico, de catálogo, é aquele que odeia formalidades, mesmo quando elas são criadas para organizar a vida de todo mundo, e ignora regras de ética e civilidade quando elas não lhe parecem 100% convenientes. Alguém aí reconheceu um brasileiro?

Quando um país com um largo histórico de populismo usa a palavra "carinhoso" em um programa de governo, arrepiam-se os pelos das nucas mais paranoicas. Não existe palavra tão doce na língua portuguesa quanto essa que dá nome a uma das mais belas canções da música popular brasileira, mas uma política que se autodenomina "carinhosa", ainda que coberta de méritos, sempre parece firmar-se no terreno flácido das boas intenções e do paternalismo e não na arena sólida das instituições que têm continuidade e metas objetivas para além dos governos e dos políticos. Carinho a gente dá e a gente tira. É uma concessão, não um direito ou um dever.

Se o Brasil fosse levar a sério mesmo esse negócio de slogans motivacionais deveria criar programas com nomes como "Brasil Racional", "Brasil Cumpridor de Prazos", "Brasil: começo, meio e fim".

Claro que não ia adiantar nada, como em geral não servem para nada slogans motivacionais postados no Facebook ou na porta da geladeira, mas talvez fosse mais útil reconhecer o que nos falta do que celebrar o que sempre tivemos de sobra. Realmente surpreendente seria se os estudantes brasileiros fossem brindados com um programa de educação tão sério e eficiente que algum galato resolvesse apelidar de "Brasil cabeção".

Carinho, elas querem é da família. O que as crianças miseráveis do Brasil precisam, do Estado, é menos amor e mais confiança.

19 de maio de 2012

Pais & filhos

Os bebês invadiram o mundo – ou pelo menos o mundo virtual. Eles são onipresentes nas redes sociais: bebês sorrindo, bebês chorando, bebês de roupa nova, bebês tomando banho. Nunca participamos tanto da primeira infância alheia ou fomos tão detalhadamente informados sobre rotinas que pouco ou nada interessam a quem não é próximo da criança. Sua majestade, o bebê, é provavelmente o ser vivo mais filmado e fotografado do planeta – seguido de perto por gatos fofinhos e a realeza britânica.

Bebês talvez sejam mesmo a face mais luminosa da existência. Onde mais, seja você o Steve Jobs ou o vendedor de maçãs da esquina, seria possível encontrar uma combinação tão magnífica de amor incondicional, possibilidades ilimitadas e futuro a perder de vista? Não é à toa que os pais exibem as fotos de seus filhos nas redes sociais como antigamente se compartilhavam cartões-postais das pirâmides ou da Torre Eiffel.

Sim, eles são lindos, sim, eles são amados, mas, mais do que isso, eles são um instantâneo de um momento de plenitude em meio à inevitável imperfeição de todo o resto. Quem tem um bebê em casa não está pensando no que ele já foi nem sabe ainda o que ele será. O bebê muito desejado é um doce e prolongado presente, nos dois sentidos. E estar "presente no presente", dizem, é o mais perto da felicidade que a gente consegue alcançar.

No outro extremo desse presente sorridente e absoluto, encontram-se os filhos encarregados de cuidar dos pais no fim da vida. Aqui é o peso do passado, tenha ele sido feliz ou nem tanto, e a angústia em relação ao futuro que tomam conta do dia a dia. O presente torna-se precário – e, em muitos casos, fisicamente doloroso.

Perder os pais, ou a sua lucidez, nos torna órfãos não apenas da companhia deles, mas da alegre inconsequência de nunca pensar muito a sério na própria finitude. (Imaginem que experiência transcendente essa que viveu a filha do Niemeyer, que morreu esta semana, aos 82 anos, deixando o pai vivo e lúcido chorando por ela.)

Ao contrário dos bebês, pais e avós não são exatamente um hit nas redes. Talvez essas cerimônias privadas de adeus não caibam mesmo na superficialidade de um tweet ou de um retrato de celular – embora experiências de dor, por mais diferentes que sejam da nossa própria realidade, nos ensinem muito mais sobre a condição humana do que os momentos de felicidade e plenitude alheios.

Nos últimos dias, foram publicados dois belos textos sobre o assunto – dois relatos corajosos e tocantes de filhos que perderam os pais. O primeiro, na capa da revista *Time* desta semana, assinado pelo jornalista Joe Klein: "Como Morrer: o que aprendi dos últimos dias dos meus pais", em que o autor narra como enfrentou a responsabilidade de ter que decidir sobre a vida e a morte dos pais.

O outro, "O Cérebro do Meu Pai", publicado na revista *Piauí* de junho e assinado pelo escritor americano

Jonathan Franzen – um dos grandes autores da minha geração –, é provavelmente o texto mais comovente e profundo sobre a experiência de conviver com um paciente de Alzheimer que eu já li. Entre outras coisas, Franzen revela que a excruciante experiência de ver o pai indo-se aos poucos, paradoxalmente, o fortaleceu: "Tornei-me, no geral, um pouco menos medroso. Uma porta ruim se abriu, e descobri que era capaz de atravessá-la".

9 de junho de 2012

Todos dizem eu te amo

No tempo em que instantâneo era só o Nescafé, visitar um país pela primeira vez era como... visitar um país pela primeira vez. Novidades tecnológicas eram assimiladas em ritmos diferentes, e o intercâmbio de hábitos e gostos, quando acontecia, processava-se de forma muito mais lenta e irregular. Hoje é possível viajar boa parte do mundo comendo sempre os mesmos sanduíches, frequentando os mesmos shoppings e ouvindo as mesmas músicas nos mesmos aparelhinhos – como se morássemos todos na mesma gigantesca aldeia fofoqueira e previsível.

Eu tinha 19 anos e não conhecia nem São Paulo quando, em 1986, fui passar uma temporada estudando inglês e trabalhando como babá em San Francisco, na Califórnia. Meu saco de espantos transbordou já na primeira semana. Traquitanas que quase ninguém tinha por aqui já eram acessíveis para a classe média de lá (CD player, videocassete, computador...) e havia no ar um último sopro de Guerra Fria que dava a todos a sensação de que o mundo poderia acabar a qualquer momento – perigo que por aqui nunca tirou o sono de ninguém.

Como babá, meu primeiro estranhamento foi descobrir que as crianças americanas sentavam-se sempre no banco de trás do carro – presas, vejam só, por cintos de segurança. No Brasil, cinto de segurança era aquele negócio que todos os carros tinham e ninguém usava – e crianças não só sentavam no banco da frente do carro como, durante o veraneio, costumavam ocupar também o porta-malas, de preferência dividindo espaço com mais 12 primos. Outra coisa que me chamava a atenção é que pais e filhos diziam-se "eu te amo" o tempo todo: antes de dormir, na hora de ir para a escola, ao telefone ou mesmo por motivo nenhum. Venho de uma família de origem italiana, barulhenta e afetuosa, e desfrutei de todos os mimos reservados para a única menina da casa, mas não lembro de ter ouvido sequer um "eu te amo" do meu pai ou da minha mãe enquanto eles viveram, nem nos momentos mais sagrados e solenes.

Nunca me ocorreu que eles me amassem mais ou menos por isso – provavelmente porque qualquer tipo de amor, e o de pais e filhos mais do que todos, aparece antes em gestos, pequenos cuidados e carinhos do que propriamente nas palavras. O "eu te amo" é um pleonasmo ou não é nada.

Mais de 25 anos se passaram desde aquela minha primeira e inesquecível viagem rumo à idade adulta. Nesse período, usar cinto de segurança e colocar as crianças no banco de trás virou hábito, o videocassete entrou e saiu das casas e até os brasileiros começaram a se preocupar com o fim do mundo (ainda que por outros motivos).

Mas uma das mudanças mais sutis de comportamento talvez tenha sido essa de, no intervalo de apenas uma geração, o "eu te amo" ter saltado dos filmes românticos para o dia a dia da maioria das famílias brasileiras. Crianças que passam o dia com babás ou em creches, falando ao celular com a mãe ou o pai no trabalho, são amadas com a urgência da confissão diária – e muitas delas crescem achando que o "eu te amo" é tão banal quanto um "bom-dia" ou um "obrigado".

É bonitinho e não faz mal a ninguém, e talvez alivie mesmo um pouco a culpa e a saudade dos pais, mas continua valendo o que sempre valeu: o amor que se sente não é necessariamente aquele que se ouve.

28 de julho de 2012

IMPRESSÃO:

Pallotti
GRÁFICA EDITORA
IMAGEM DE QUALIDADE

Santa Maria - RS - Fone/Fax: (55) 3220.4500
www.pallotti.com.br